HOUDINI, le chien

C. Everard Palmer

◆ ◆ ◆

couverture de
Brian Boyd

illustrations de
Maurice Wilson

texte français de
François Renau...

Scholastic Canada Ltd.

HOUDINI,
le chien

Données de catalogage avant publication (Canada)

Palmer, C. Everard
    Houdini, le chien

Traduction de : A dog called Houdini.
ISBN 0-590-73092-4

1. Chiens - Romans pour la jeunesse. I. Titre.

PR9265.9.P34D614 1992 j813   C92-093352-1

Édition publiée par Scholastic Canada Ltd., 123, Newkirk Road,
Richmond Hill (Ontario) Canada L4C 3G5 avec la permission de
André Deutch Ltd., London.

6 5 4 3 2 1   Imprimé au Canada   2 3 4 5 6/9

Table des matières

Chapitre 1

Boris

La mère de Houdini appartenait à un vieux couple qui adorait les chiens. Cependant, quand elle avait eu une portée de cinq chiots débordant de santé, ses maîtres avaient réalisé qu'ils n'avaient pas les moyens de les nourrir tous. C'est avec soulagement qu'ils avaient réussi à en placer quatre dans de bons foyers.

Un jour, un jeune homme et son épouse étaient venus à la maison du vieux couple. Ils avaient été accueillis par un courageux petit chien qui jappait bravement après eux, pour ensuite leur lécher bien gentiment le bout des doigts. C'était le favori du vieux couple. C'était le plus costaud et le plus vif des chiots de la portée, et ils pensaient le garder. Mais le jeune homme et son épouse avaient tellement insisté que le

vieux couple avait fini par se laisser convaincre à contrecoeur. Ensemble sous le porche de leur maison, ils avaient regardé la voiture du jeune couple s'éloigner, emmenant avec eux leur gentil petit chien. Les vieux se consolaient mutuellement à l'idée qu'il avait trouvé un bon foyer.

Mais le jeune homme et son épouse leur avaient menti. Ils n'aimaient pas vraiment les chiens. Ils habitaient sur une route déserte du nord de l'Ontario et ils voulaient uniquement que le petit chien serve de gardien pour leur maison isolée. Il leur arrivait souvent de s'absenter pour une nuit ou pour toute une fin de semaine, parfois pour la semaine entière, et ils laissaient le petit chien sans nourriture et sans eau, sans même un abri pour se protéger du froid et de la pluie.

Enchaîné à un arbre, le petit chien grelottait et gémissait d'ennui. Jour après jour il devenait de plus en plus maigre et chétif. Finalement, par une nuit sans lune, la languette de cuir pourri qui lui servait de collier s'était brisée et la chaîne était tombée par terre. Le petit chien était enfin libre. Le lendemain matin, Vieux Georges, un trappeur, revenait de la ville quand un pleurnichement qui venait des buissons avait attiré son attention. Il y avait découvert un petit chiot malingre et frissonnant. Il l'avait ramassé, glissé à l'intérieur de sa veste et l'avait emmené chez lui. Il l'avait si bien nourri que le petit chien avait retrouvé la santé. Le chiot mangeait toujours la même chose que lui : fèves au lard, queue de castor, poisson séché, gibier, caribou. Il avalait n'importe quoi.

En peu de temps, heureux, bien gras, il avait retrouvé toute sa vivacité. Il explorait la petite cabane de rondins et faisait fuir tous les rats. Chaque soir, il se couchait devant le poêle à bois, la tête entre ses pattes. Il suivait Vieux Georges partout et ne le perdait jamais de vue.

Au début, quand il partait relever ses pièges, Vieux Georges transportait le chiot dans son sac de cuir. La petite tête émergeait comme un périscope et observait les alentours avec l'oeil aiguisé d'un grand explorateur. Bientôt le chien était devenu assez costaud pour accompagner Georges en trottant devant lui sur ses petites pattes ou en revenant parfois sur ses pas pour flairer un arbre ou des massifs de buissons qu'il jugeait intéressants.

Le vieil homme et le chien descendaient à la ville ensemble, car la seule chose qui effrayait le chien, était d'être attaché. La première fois que Vieux Georges avait voulu laisser son chien derrière lui pour se rendre seul à la ville, le chiot, qui à cette époque n'avait atteint que la moitié de sa taille, était devenu hystérique. Il s'était lancé partout, brisant presque la corde en deux, et s'était dressé sur ses pattes arrière en hurlant de désespoir. Vieux Georges ne connaissait pas l'histoire du chien, et n'avait pas compris cette violente réaction. Mais il avait été ému par la panique du chien et ne l'avait plus jamais attaché.

Quand il leur arrivait d'aller en ville pour vendre des fourrures au comptoir local de la Compagnie de la Baie d'Hudson, le petit chien attendait dehors. Il ne se mêlait pas aux chiens qui erraient et ne les laissait pas le déranger. Il ne les laissait même pas s'approcher d'assez près pour qu'ils puissent le sentir. Il les maintenait à distance avec un grognement qui découvrait ses crocs blancs.

Il ne laissait pas non plus les gens le toucher ou le flatter. Il leur servait le même traitement qu'aux chiens de la ville. Heureusement, il n'avait jamais eu à utiliser ses crocs. Il lui suffisait de les montrer.

Au fil des jours, le petit chien devenait de plus en plus fort et intelligent. Vieux Georges le faisait travailler aussi dur que lui, et lorsque tous deux remontaient les sentiers de trappe ou prenaient leur souper, le vieux trappeur parlait au jeune chien comme on s'adresse à un ami.

Il l'avait baptisé Boris.

Boris devait tout ce qu'il savait à Vieux Georges. Il avait appris à transporter des paquets dans une paire de sacoches en cuir de chevreuil sanglées sur ses flancs. Il avait appris à rapporter les canards que le vieil homme chassait à chaque automne. Il avait appris à pister le gibier, à débusquer les oiseaux de leur cachette, à attraper un lièvre pour le souper du vieil homme. Travaillant côte à côte, le vieil homme et le jeune chien ne formaient plus qu'un.

Mais un beau jour, alors qu'ils relevaient les pièges dans la neige épaisse, le vieil homme avait glissé, était tombé et ne s'était jamais relevé. Son coeur s'était arrêté de battre. Boris avait jappé après lui pour qu'il se relève, mais rien ne le faisait bouger, pas même les secousses qu'il donnait en le tirant par la manche.

Une neige épaisse s'était mise à tomber et malgré cela, le vieil homme restait étendu, le visage contre le sol, ses jambes bizarrement inclinées à cause des raquettes qu'il portait aux pieds. Boris tournait nerveusement autour du trappeur, comme dans une ronde funèbre, et ses aboiements s'étaient peu à peu transformés en gémissements plaintifs. Au fur et à mesure qu'elle tombait, il grattait la neige qui recouvrait

tout aux alentours, sauf l'homme qui avait été son seul ami.

La neige avait continué de tomber jusque tard dans la nuit, mais Boris était resté là. Il avait bien envie de retrouver la chaleur de la cabane de rondins, mais il montait la garde à côté de l'homme qui lui avait témoigné de l'amour et de la bonté. Finalement, son instinct l'avait poussé à laisser la neige faire son oeuvre et recouvrir son ami. C'était un enterrement. Il s'était retiré à l'abri d'un rocher et avait regardé enfler le monticule de neige.

Il était revenu vers la cabane, mais n'avait pas pu y entrer, et même s'il avait pu, il n'aurait rien trouvé à manger puisque la viande séchée était accrochée très haut, aux poutres du plafond. Il devait donc trouver lui-même de quoi manger et il s'était mis à chasser le lièvre.

Un mois s'était écoulé avant qu'un homme ne vienne à la cabane en motoneige. Boris avait entendu le bruit du moteur alors qu'il était encore loin, mais il savait que la motoneige se dirigeait vers la maison. Il s'était dirigé dans la même direction, mais la machine était arrivée avant lui. Quand il avait atteint la cabane, le conducteur était déjà debout devant la porte.

— Georges! criait-il. Georges! Boris le connaissait. Il était déjà venu leur rendre visite sur sa machine et, avec le vieil homme, ils avaient parlé et ri tout en

buvant du café, assis devant le poêle à bois. Il l'avait également aperçu en ville. Boris avait aboyé une fois et l'homme, Abel Hilkkanen, un bûcheron à la retraite, s'était retourné.

— Hé, Boris! Où étais-tu? Où est Georges? Viens ici, mon vieux.

Il voyait les côtes du chien qui saillaient sous son poil. Quelque chose ne tournait pas rond. Il avait jeté un nouveau coup d'oeil vers la cabane et sur la cour avant. Il n'y avait aucune trace dans la neige, pas de marques de pas devant la porte, sinon les siens. La neige s'était accumulée devant le porche. Même s'il avait lui-même calé profondément dans la neige, il n'avait rien remarqué d'anormal jusqu'à présent.

— Où est Georges, vieux?

Boris avait jappé encore une fois, puis avait fait demi-tour et s'était éloigné doucement en trottinant

— Oh non! s'était dit Abel. Oh non! Il est arrivé quelque chose à Georges.

Et il s'était mis à suivre le chien.

Boris se tenait près du monticule et commençait à gratter la neige avec ses pattes tout en gémissant. Abel l'aidait avec ses mains gantées. Vieux Georges était dans la même position que lorsqu'il était tombé, sauf que maintenant il était gelé raide. Abel l'avait recouvert à nouveau. Ce soir-là, il était revenu avec de l'aide et ils avaient emporté le corps du vieil homme sur un traîneau.

Boris suivait à courte distance sans toutefois permettre à qui que ce soit de l'approcher. Il avait également assisté aux funérailles, gémissant nerveusement tout au long de la brève cérémonie. Le corps du vieil homme disparu, il s'était demandé quoi faire. Comme il ne pouvait pas rester en ville, il était retourné à la cabane. Mais il n'avait plus sa place là-bas.

Une semaine plus tard, Abel et une femme, la fille de Vieux Georges, étaient venus vider la cabane. Ils avaient essayé de convaincre Boris de les suivre, mais ce dernier avait refusé de s'approcher ou de les laisser approcher. Il savait pourtant que désormais la cabane ne serait plus son foyer.

Après leur départ, il avait jeté un dernier regard sur la cabane vide, sur la porte fermée et sur les fenêtres barricadées. Il avait poussé un jappement, puis s'était tourné et s'était dirigé vers la forêt.

Pendant trois mois, il avait survécu de lièvres et autres petits gibiers avant de découvrir une manière plus facile de se nourrir. La région du nord de l'Ontario est truffée de résidences d'été, et Boris s'était vite rendu compte que les animaux domestiques que les gens emmenaient avec eux étaient loin de pouvoir rivaliser avec lui. En un rien de temps, il avait appris à chiper le repas d'un chien sous son nez et à filer dans les bois avant même que les maîtres ne le voient.

Une fois de plus, il mangeait à sa faim et il était heureux. Cependant, quand les nuits avaient commencé à rallonger, de moins en moins de personnes fréquentaient la région. Finalement, en octobre, pour la première fois depuis le printemps, Boris sentait qu'il avait le ventre vide.

Il avait humé l'air froid et sec. Avait-il senti le chow mein de chez Yung Foo? Faisait-on cuire du bacon au Petit Café ce matin-là? Peu importe la raison, Boris ne retournerait pas chasser le lièvre. Il s'était plutôt tourné vers l'est et descendait la route en direction de la ville du maire Frédéric.

Chapitre 2

La ville

La ville est située au bout de l'un des nombreux estuaires du lac Supérieur. Elle est dans la région du bouclier canadien, là où des forêts sans fin sont criblées d'innombrables lacs plus petits, là où des falaises de granit montent la garde sur un territoire où la faune abonde. La ville est à quelques centaines de mètres de la route transcanadienne et elle compte maintenant cinq mille habitants.

Autrefois, ce n'était rien de plus qu'un campement. Les coureurs des bois s'arrêtaient ici pour faire une halte au cours de leur long périple, et ils en profitaient pour faire un peu de commerce avec les Indiens. Plus tard un jésuite s'y était installé pour fonder une mission et travailler parmi les Indiens. Un petit comptoir

de traite avait vu le jour. Ensuite, la forêt environnante étant riche en bois de charpente, on avait construit un moulin à scie. Aujourd'hui la ville a grandi, comme l'ont fait les autres villes du nord, et on y trouve des restaurants, des hôtels, des taxis, de même que des stations d'essence, des banques, deux épiceries, des écoles, des églises, une patinoire et un concessionnaire automobile.

Mais le moulin à scie est toujours là. Il a pris de l'importance avec les années, et maintenant ses cheminées dominent fièrement la ville comme une paire de salières. Chaque année, ses scies débitent des milliers de pièces de bois. Les énormes billots arrivent au moulin sur d'énormes poids lourds et repartent, par chemin de fer ou par tracteurs à remorque, transformés en planches.

La ville a pris naissance sur les rives où venaient accoster les coureurs des bois, aussi est-ce là que l'on retrouve les maisons les plus anciennes. Cependant, au fur et à mesure qu'elle s'est développée, la ville a envahi les collines qui dominent la baie. C'est dans cette nouvelle partie que le maire habite et, de la fenêtre de sa salle de séjour, il peut embrasser toute la ville d'un regard fier; une ville qu'il administre depuis maintenant onze ans.

À l'exception des Indiens, les habitants de la ville viennent tous d'ailleurs. La plupart ont des parents qui étaient soient Finlandais, Britanniques ou Français. Ce sont des gens amicaux : ils ne croisent jamais quelqu'un sur la rue, même un étranger, sans lui adresser quelques mots ou du moins le saluer de la tête. Quand ils s'arrêtent pour discuter, ils s'intéressent beaucoup au temps qu'il fait.

— Assez froid à votre goût?

Les journées froides sont nombreuses.

— Belle journée, non?

Une belle journée est une journée où le soleil brille, même si le mercure indique -30 °C.

Durant les longs mois d'hiver, les gens jouent au hockey ou patinent à la patinoire municipale, ils vont à la pêche sur la glace, font du ski ou de la motoneige. À l'été, les touristes arrivent. Tout le monde vit au bord de l'eau et les fins de semaine se passent au bord du lac ou dans les bois. On fait revivre la belle époque des feux de camp, de la vie au grand air et des lampes au kérosène. Les gens pêchent, nagent ou écument les lacs dans leurs hors-bord.

Quand l'automne arrive et que les arbres prennent leurs couleurs les plus vives, les chasseurs envahissent les bois et la forêt résonne de l'écho des coups de fusils. On chasse d'abord la perdrix, puis le chevreuil et l'orignal.

Finalement, les touristes repartent et les gens de la ville se retrouvent seuls. Ils se réinstallent dans leur vieille routine pour affronter le long hiver, et chacun commence à surveiller le moindre événement qui pourrait faire des remous en ville.

L'arrivée d'un chien bizarre n'est donc pas à prendre à la légère, en particulier lorsqu'il s'agit d'un chien aussi spécial que celui qu'on avait remarqué, au début d'octobre, après le départ du dernier touriste.

C'était un chien de grosseur moyenne, mi-épagneul, mi-terrier. Peu importe la race, il avait l'air d'un chien ordinaire, mais ce n'était pas le cas. Personne ne savait exactement d'où il venait. Au cours de l'été, quelqu'un l'avait vu rôder autour des chalets d'un lac voisin, et on supposait qu'un estivant l'avait abandonné avant de retourner en ville. On l'avait d'abord pris pour un banal chien errant. Bientôt on parlait «du chien noir et blanc». Plus tard, il devait devenir «ce détestable chien».

On le voyait partout, d'un bout à l'autre de la ville. Il se faufilait dans les cours et chipait le repas des chiens, juste au moment où ils s'apprêtaient à manger. Il choisissait soigneusement ses victimes. Il ne s'en prenait ni aux bergers allemands ni aux saint-bernard, mais, au grand embarras de leurs maîtres, il terrorisait les gros chiens qui ne savaient pas se battre.

En ville, les propriétaires de chiens commençaient à parler de lui. Leurs chiens étaient au bord de la dépression nerveuse. À l'heure du repas, ils surveillaient

leur pâtée et, entre deux bouchées, jetaient des regards nerveux sur les alentours. Ce détestable chien était imprévisible.

Les enfants commençaient à se plaindre de devoir monter la garde dans leur propre cour pendant que leur chien mangeait. Ils avaient baptisé le chien «le maraudeur.» Même ceux qui n'avaient pas de chien commençaient à remarquer le nouveau venu.

Il n'aimait pas beaucoup les chats qui se faisaient chauffer au soleil sur le perron des maisons ou sur les clôtures. Il les pourchassait, ravi de les voir nerveux, bien éveillés et actifs. Il n'aimait pas non plus les pigeons qui roucoulaient, rassemblés devant l'hôtel de ville. À chaque fois qu'il s'approchait, il les forçait à décoller en masse, dans un froissement d'ailes. Ensuite, il se tournait vers les vieux, assis sur les bancs publics, comme s'il s'attendait à recevoir leur approbation, mais son enthousiasme ne lui valait rien d'autre que des protestations.

— Laisse ces oiseaux tranquilles!

— Fiche le camp, détestable chien!

Les grands-mères et les grands-pères avaient peur de cette tornade, et le chien était perplexe face à ces gens. Qu'est-ce qu'ils peuvent bien faire, assis sur ces bancs de parc? Pourquoi est-ce qu'ils ne travaillent pas? Lui-même ne prenait pas le temps de se détendre et ne comprenait absolument pas ce que signifiait être à la retraite.

Même les gens arrêtés sur le trottoir le dérangeaient. Pendant qu'ils étaient en pleine conversation, il jaillissait en trombe d'une ruelle ou de derrière une poubelle pour les forcer à continuer leur chemin. Il avait presque l'air de s'amuser. Mais pour les gens de la ville, c'était agaçant de ne pas pouvoir s'arrêter, pour parler tranquillement de la pluie et du beau temps. Ils devaient sans cesse jeter un coup d'oeil par-dessus leur épaule afin de surveiller si le maraudeur noir et blanc n'allait pas les attaquer.

Aussi étrange que cela puisse paraître, il avait tout de même quelques amis. Dans la plupart des villes les livreurs de journaux et les facteurs sont les cibles favorites des chiens. Au contraire, celui-ci avait l'air de les admirer quand ils distribuaient les journaux ou le courrier. Alors que certains disaient des méchancetés sur son compte, les livreurs de journaux se contentaient de sourire. Ils aimaient bien sa compagnie pendant leurs longues marches dans le froid du petit matin ou en fin d'après-midi.

Il avait également d'autres amis. Nombreux étaient ceux qui admiraient son esprit, son cran, sa ruse. Les enfants qui n'avaient pas d'animal domestique regardaient ce chien en se demandant s'il se laisserait apprivoiser. Certains propriétaires de chiens, arrêtés près d'une bouche d'incendie, leur toutou bien gras et bien dodu au bout d'une laisse, levaient les yeux et, voyant ce chien, se demandaient si ce n'était pas à cela que devait ressembler un vrai chien.

Cependant, trop de citoyens étaient outrés à l'idée qu'un tel chien puisse courir librement dans leur ville. Le chien avait des ennuis.

Chapitre 3

Le maire Frédéric

Le maire de la ville est un homme de haute taille qui, les jours ensoleillés ou chauds, se rend au travail à pied en frappant le trottoir de sa canne. Il descend de la colline où il a sa résidence, et emprunte la rue Principale jusqu'à son bureau. Tout en marchant, il s'amuse parfois à fendre l'air du bout de sa canne.

C'était un beau matin du mois d'octobre. L'air était sec et un léger frimas recouvrait les pelouses. Le soleil flottait au-dessus de la ligne d'horizon et faisait scintiller les pelouses tel un diamant. La forêt qui entourait la ville arborait ses couleurs d'automne, un éventail de rouge, de jaune et de vert. C'était le genre de matin qu'adorait le maire et, tout en marchant, il souriait et souhaitait le bonjour à tous ceux qu'il croisait.

— Belle journée, monsieur le maire, disaient-ils.

— Magnifique, répondait-il.

Il frappait de sa canne les parcomètres que son administration avait fait installer et s'arrêtait pour jeter un coup d'oeil dans la vitrine d'un nouveau magasin qui avait été autorisé par son service des permis. Il était fier de la ville qu'il avait aidé à construire. Il en était à son sixième mandat en tant que maire et il était fier de son administration, fier de ses concitoyens. Il tirait même une fierté particulière de ce beau matin d'octobre, comme si c'était son service des loisirs qui l'avait programmé.

Ce qu'il aimait le plus dans sa petite ville c'était que les gens se connaissaient à peu près tous les uns les autres et, par conséquent, ils connaissaient leur maire. Il aimait écouter leurs plaintes et prendre les mesures nécessaires, ou calmer les geignards et les conseiller. Aussi, quand il avait vu madame Lépine debout devant l'escalier de l'hôtel de ville, il avait deviné qu'il aurait à lui consacrer un peu de son temps, et s'en réjouissait à l'avance.

Madame Lépine est une veuve d'une soixantaine d'années. La totalité de sa famille se compose uniquement de deux chats et un chien. Cette dame a souvent des plaintes à formuler. À une certaine époque, elle avait voulu que le maire fasse quelque chose à propos des jeunes qui portent les cheveux longs. Une autre

fois, elle avait mené une campagne de propagande à travers toute la ville afin de convaincre les citoyens d'adopter les chats errants. C'était le genre de la bonne femme.

Le maire s'était raidi.

— Bonjour, madame Lépine.

— Bonjour, monsieur le maire.

Il sentait une intonation froide dans sa voix. Il ne devait pas s'agir d'un problème banal. Ses cheveux étaient aplatis sous un fichu; elle le regardait d'un oeil perçant.

Le maire avait jeté un regard circulaire sur la ville.

— Magnifique journée pour se promener, n'est-ce pas madame Lépine?

Elle avait attaqué dans le vif du sujet.

— Quand est-ce que vous allez vous décider à faire quelque chose à propos de ce chien, monsieur le maire?

— Chien? Quel chien?

— Ce chien qui court partout en ville, qui mange dans la gamelle des autres, qui passe son temps à se battre et à mutiler les chiens de tout le monde.

— Il y a un chien qui fait ça?

— Il fait peur aux chats, charge les gens et transforme les parterres des citoyens en piste de course.

— De quel chien s'agit-il? avait demandé le maire sur un ton sévère.

— Il n'appartient à personne, monsieur le maire.

— Répétez-moi ça. Comment peut-il n'appartenir à personne?

Cette petite dame guindée, coiffée d'un fichu décoloré devait lever la tête pour lui parler.

— C'est un chien *errant*, monsieur le maire.

— Et il fait tout ce que vous venez de me dire?

— Oui monsieur. Il vient on ne sait d'où. Personne ne peut dire au juste à quel moment il est arrivé, mais il embête tout le monde. Il ennuie mes chats, mon chien et je ne peux plus avoir la paix.

— C'est incroyable! C'est drôle... drôle en ce sens que c'est la première fois que j'en entends parler. Je vais immédiatement confier son cas au directeur du contrôle des opérations canines.

Celui que le maire appelait pompeusement son directeur du contrôle des opérations canines était nul autre que le patrouilleur de la fourrière

Quand il avait sorti son agenda de poche pour y prendre des notes, madame Lépine s'était sentie apaisée. Le maire allait faire quelque chose à propos de ce chien. Elle en était sûre. C'était le genre de maire qui ne prenait pas les choses à la légère. C'est pour cette raison qu'elle avait voté pour lui à chaque élection.

— Je vais immédiatement prendre des mesures, madame Lépine. Noir et blanc, dites-vous?

Tout en écrivant, il marmonnait à voix basse :

— Harcèle les chiens et les chats... se bagarre...

— Merci, monsieur le maire.

— Madame Lépine, c'est moi qui vous remercie d'avoir porté cette question à mon attention. Ce sont de bons citoyens comme vous qui font de cette ville un endroit où il fait bon vivre.

Madame Lépine était flattée du compliment.

— Je m'en remets à vous, monsieur le maire, avait-elle répondu en souriant.

Tandis que la veuve descendait la rue pour rentrer chez elle, le maire montait les marches qui mènent à son bureau.

En fait, il était parfaitement au courant de cette histoire de chien. Qui n'avait pas entendu parler de ce chien noir et blanc qui rôdait partout et ne répondait à aucun nom? Quoi qu'il en soit, maintenant qu'un citoyen avait porté plainte, il se devait d'appeler son directeur du contrôle des opérations canines pour régler cette affaire de chien en priorité. Il entendait encore la voix nasillarde de madame Lépine : «Je m'en remets à vous, monsieur le maire». Il sentait encore ses yeux perçants fixés sur lui. Et il savait parfaitement bien que, dans une élection à la mairie, chaque vote compte.

Chapitre 4

Le directeur du contrôle des opérations canines

À dix heures, le patrouilleur était dans le bureau du maire.

Gustave Riendeau était taillé sur mesure pour cet emploi : c'était un trappeur professionnel. En fait, attraper les chiens était pratiquement une activité secondaire. Pour un homme habitué à piéger les castors, les loutres, les lynx, les martres et même les astucieux renards, il n'y avait aucun problème à attraper un vulgaire chien.

C'était un petit homme chauve dont la taille dissimulait la vigueur et la force. Riendeau trouvait également le temps de servir de guide aux chasseurs d'orignaux, et on le disait capable de transporter tout un quartier d'orignal sans aide.

En approchant du bureau du maire, il avait frappé sa pipe dans la paume de sa main et avait jeté ses cendres dans le cendrier sur pied. Il marchait sans faire de bruit, d'un pas sûr. Il portait des mukluks et une veste de chasse à carreaux.

La secrétaire du maire avait invité l'homme trapu à entrer dans le bureau.

— Bonjour monsieur le maire.

— Ah, Riendeau! Je vois que vous avez eu mon message.

— Je suis venu aussitôt que j'ai pu.

— Très bien, très bien. Asseyez-vous, Riendeau.

Gustave Riendeau s'était assis sur le bout de la chaise la plus proche. Il savait que le maire ne l'aurait pas convoqué à son bureau pour une affaire sans gravité.

— Alors, comment va la saison de trappe?

En voyant les vêtements du trappeur, le maire en avait déduit qu'il venait d'aller inspecter ses pièges.

Riendeau n'aimait pas ce genre de question qui laissait sous-entendre que, pendant qu'il courait les bois, il négligeait les obligations de sa patrouille canine. Il est vrai que Riendeau prétendait ne pas voir beaucoup de chiens. Si un chien se faisait un peu trop remarquer du public, il l'enfermait. S'il y avait une plainte contre un chien en particulier, il se mettait à ses trousses. Autrement, il ne courait pas après les chiens errants. Le conseil municipal, chargé de l'adoption des règlements, était d'accord avec cette approche. Après tout, la ville était comme une grande famille. C'est pourquoi Riendeau n'aimait pas la question du maire et il n'y avait pas répondu.

Le maire lui avait jeté un coup d'oeil au-dessus de ses lunettes et avait annoncé, d'un ton sympathique

— Riendeau, nous avons un problème...

Le trappeur attendait. Il avait déjà deviné quelle était la substance du problème, mais il attendait.

— Rien d'insoluble, Riendeau. Vous êtes l'homme tout désigné pour régler ce problème.

— Un chien, monsieur le maire?

— Oui, un chien. Un diable de chien noir et blanc.

— Le maraudeur?

— Qu'est-ce que c'est?

— Le maraudeur... C'est le surnom que commencent à lui donner les gens.

— Oh! vous avez donc rencontré ce maraudeur?

— Pas face à face, monsieur le maire. Mais c'est un chien qui commence à faire parler de lui.

Ouvrant son agenda de poche, le maire s'était mis à lire à voix haute.

— Noir et blanc... harcèle les chiens et les chats... vole leur pâtée.

— C'est bien lui. Depuis quelques jours, j'ai des copains qui me téléphonent : «Qu'est-ce que tu vas faire à propos de ce chien, Riendeau?» Alors d'accord, je vais faire quelque chose, mais je n'ai toujours pas vu le chien.

— Vous ne l'avez jamais vu?

Riendeau avait secoué la tête.

Le maire avait continué sa lecture.

— Hum!... «Arrive on ne sait d'où... n'a pas de maître... agit sauvagement...» Je me demande s'il est gros?

— Pas d'après ce que j'ai entendu, monsieur le maire.

— Un bâtard, probablement?

— Probablement. Enfin, si je le rencontre, je le fais disparaître de la circulation en vitesse.

— Très bien, parfait. Mais nous devons faire mieux que cela, Riendeau.

— Heu!?

— Nous devons nous faire un point d'honneur de le rencontrer. On ne peut laisser ce chien devenir plus célèbre qu'il ne l'est déjà.

Devant ces paroles, le trappeur s'était raidi.

— Je vais l'avoir.

— Là je vous reconnais, avait répondu le maire, enthousiaste.

Riendeau était un fier patrouilleur. Il allait agir. Mais il savait que sa tâche ne serait pas facile, car ce chien avait quelque chose de différent des autres. C'était un futé qui conjuguait ses instincts sauvages avec une connaissance parfaite des humains et de leurs habitudes. Un tressaillement dans la poitrine lui disait que ce chien allait lui donner du fil à retordre.

Avant de descendre l'escalier de l'hôtel de ville, il s'était arrêté pour jeter un coup d'oeil sur les rues, non pas dans l'espoir d'apercevoir le chien, mais pour élaborer une stratégie et pour bourrer sa pipe de tabac. En l'allumant, les paroles du maire lui revenaient en mémoire : «On ne peut laisser ce chien devenir plus célèbre qu'il ne l'est déjà.»

En quelques enjambées courtes et rapides, il était dans sa camionnette. Il avait démarré en vitesse et, peu de temps après, il stationnait dans l'allée de sa demeure en bordure de la ville.

C'était une de ces vieilles maisons à un étage, avec un toit en pignon et une cheminée à un bout. La peinture blanche pelait sur les vieilles planches de bois, mais à l'arrière, il y avait une rallonge toute neuve. Du papier goudronné était simplement agrafé aux murs de contreplaqué.

Son épouse, une femme solide au visage sympathique, l'avait accueilli à la porte.

— Gustave, tu as l'air de mauvaise humeur. Qu'est-ce qui se passe?

— Rien, avait-il répondu d'un ton sec.

— Je vais faire du café, avait-elle dit d'une voix douce, mais ferme.

Riendeau l'avait regardée et n'avait rien ajouté.

Après sa tasse de café, il était remonté dans sa camionnette et avait commencé à rouler lentement en ville à la recherche du chien. Son filet était à l'arrière du camion. Il avait circulé pendant une demi-heure environ avant d'emprunter une nouvelle fois la rue Principale. Il avait tourné à la Place de la Victoire, descendu l'Allée des Cèdres, emprunté la rue des Commissaires.

Ah!

Le maraudeur était là. Il trottinait le long de la voie ferrée du Canadien Pacifique. Sa démarche légère et insouciante faisait rager Riendeau

«Regardez-moi ça!» se disait-il en arrêtant son véhicule. À ses yeux, un chien qui s'était rendu coupable d'aussi nombreuses infractions aurait dû jeter des coups d'oeil inquiets autour de lui. Mais pas lui. Il paradait, comme s'il avait été le prince des chiens, surtout maintenant où il traversait lentement la section de la voie qui emprunte un pont suspendu, plusieurs mètres au-dessus de la route où s'était arrêté Riendeau.

Sortant de sa camionnette, le patrouilleur avait pris son filet. Il allait voir ce qu'il pouvait faire.

La cour de monsieur Gérard Auclair donnait sur la voie ferrée et c'est avec agacement qu'il avait été témoin de l'insouciante promenade matinale du chien. Il était ravi de voir Riendeau faire son apparition sur le remblai du chemin de fer.

—Attends, Gus! Je vais te donner un coup de main. Tu veux coincer cette vermine, non?

— En plein ça, avait répondu Riendeau.

Chaussé de ses mukluks, il continuait d'avancer vers le chien qui s'était arrêté pour évaluer hardiment cette nouvelle menace.

— Viens mon chien, l'encourageait Riendeau. Viens. Ne te sauve pas.

Le chien s'était dressé. On aurait dit qu'il observait Riendeau, comme pour mémoriser ce nouveau personnage.

Derrière le chien, monsieur Auclair avait sauté par-dessus sa clôture et remontait le remblai jusqu'aux rails. Lui aussi avait un filet, pas du genre à attraper les chiens, mais un vieux filet de pêche. Et lui aussi s'avançait furtivement à revers, tandis que Riendeau approchait de face.

Finalement, le chien s'était lassé d'observer Riendeau. Se tournant brusquement, il venait d'apercevoir l'autre porteur de filet. À deux doigts d'être capturé, il n'avait plus le temps d'analyser ce nouveau danger. Il avait poussé un jappement provocateur et avait dévalé le talus. Mais les deux hommes n'allaient pas le laisser s'échapper aussi facilement; ils engageaient la poursuite.

— Espèce de démon sauvage! criait monsieur Auclair. Ah, tu ne veux pas laisser mon Fido tranquille, hein? Attends que je t'attrape.

De toute évidence, le chien était dans cette ville depuis assez longtemps et la connaissait bien. Il s'était dirigé vers le terrain de soccer où il avait peu de chances de se faire attraper. Les deux hommes, de plus en plus agacés par l'intelligence du chien, refusaient d'abandonner.

Riendeau, qui était de loin en meilleure forme que Auclair et de surcroît plus jeune, courait devant et lui faisait de grands signes pour lui faire comprendre de faire un détour afin de couper la retraite du chien.

Le chien avait l'air de prendre plaisir à cette poursuite. Soudainement, il avait abandonné le terrain dégagé pour se diriger vers le centre de la ville. Les deux pseudo-chasseurs de chien suivaient. Avec un sens tout naturel de la provocation, le chien trottinait devant eux, tout juste hors de portée, frôlant les autos qui circulaient, zigzaguant entre celles qui étaient stationnées, se retournant à l'occasion afin de voir comment les poursuivants s'en tiraient. S'ils perdaient du terrain, il aboyait et s'arrêtait pour les attendre.

Étonnés, les gens commençaient à s'arrêter sur le trottoir pour les observer. Monsieur Auclair avait finalement abandonné la chasse, il était hors d'haleine. Riendeau était toujours en pleine poursuite. Après tout, c'était son métier. Il était devant son public et il ne pouvait pas, ne devait pas abandonner.

Ils descendaient donc le long de la rue Principale.

— Donnez-moi un coup de main! criait-il. Barrez-lui le chemin!

Maintenant, il était à bout de souffle.

Et, à nouveau, ils remontaient la rue et le chien entraînait le pauvre Riendeau dans la ruelle qui bordait un hôtel. Il y avait là une grande mare de boue circulaire. L'eau était claire et c'était le moment de boire un coup. Avec l'assurance du vainqueur, le chien s'était arrêté au bord de la flaque et s'était mis à laper l'eau. Épuisé, Riendeau l'avait rejoint et, dans un geste désespéré, il avait lancé son filet. Le chien avait fait un pas de côté. Le filet avait manqué sa proie. Riendeau avait alors glissé dans la boue et, avant qu'il ne puisse reprendre son équilibre, il s'étalait la face dans la mare.

Les quelques spectateurs qui les avaient rejoints riaient pendant que le petit homme se relevait en essuyant la soupe boueuse de son visage et sa moustache. Le chien se tenait à une distance respectueuse et s'était mis à japper. Il avait fait quelques pas, s'était

retourné et avait aboyé de nouveau. On aurait dit qu'il riait lui aussi.

Il avait gagné, mais à compter de ce moment, il s'était fait le plus dangereux ennemi qu'un chien puisse avoir.

Chapitre 5

Houdini

Complètement dégoûté, honteux, boueux, Riendeau avait abandonné et était retourné chez lui. Il était d'une humeur de chien et avait parlé d'un ton brusque à sa femme.

— Café!

Elle s'était essuyé les mains sur son tablier.

— Qu'est-ce qui t'arrive, Gus? Qu'est-ce qui ne va pas?

— Café, avait-il répété.

Elle avait branché la bouilloire. Rien qu'à voir ses vêtements et son visage, elle savait que quelque chose de terrible était arrivé à son mari. S'était-il battu ou était-il simplement tombé dans la boue? Elle ne lui avait pas posé d'autres questions.

Bientôt, Riendeau en était à sa troisième tasse de café. Il était debout au bord de la fenêtre et regardait dans le vide. Finalement, il avait commencé à parler, sans pour autant faire de véritables confidences à sa femme. En fait, il laissait libre cours à sa frustration et parlait à voix haute, il se trouvait qu'elle entendait.

— Sale chien! M'humilier. Faire un fou de moi. Je vais l'avoir, se jurait-il.

— Quel chien, Gus?

— Un chien.

— Ça doit être un dur à cuire.

Elle parlait d'une voix douce, contrairement à Riendeau qui s'exprimait d'une voix forte, sur un ton sec. Elle était rondelette, il était maigre; elle était passablement plus grande que lui.

— Noir et blanc? lui avait-elle demandé.

Il avait reniflé et s'était rassis à table.

— Un nouveau venu en ville? continuait-elle. Toujours en train de se battre avec les autres chiens?

— Un sale chien, répétait-il, morose.

— Oui, il fait jaser beaucoup de gens.

— Je vais l'avoir...

Il feuilletait distraitement les pages d'un magazine que Martin, leur fils unique, avait laissé sur la table. Martin était à l'école.

— Ça se plaint, continuait-il, mais ça ne donnerait pas un coup de main. Laisse faire, je vais l'avoir...

Il avait jeté un coup d'oeil sur ses vêtements.

— Il m'a mené dans une flaque de boue.

Elle avait relevé le couvercle de l'une des casseroles qui mijotaient sur le poêle et en avait brassé le contenu avant d'y plonger une cuillère pour goûter.

Riendeau s'était levé.

— Ne t'éloigne pas trop, le dîner va bientôt être prêt.

— Je n'ai pas faim.

Elle n'avait pas essayé de le contredire, elle discutait rarement. Il était dans l'un de ses mauvais jours. Dehors, dans l'allée, il avait sorti son filet du camion.

Monsieur Auclair qui surveillait la porte de Riendeau, était sorti et l'avait rejoint sur le trottoir.

Riendeau tenait Auclair responsable de son premier échec. Il n'avait pas envie de le voir, mais le bonhomme était là.

— Tu essayes encore, Gus?

— Tu peux être sûr.

— Je vais aller chercher mon filet.

— Pas nécessaire, Gérard.

— À quoi ça servirait d'être amis, Gus? En plus, j'ai un compte à régler avec ce chien. Il passe son temps à embêter mon Fido.

— À ta guise, avait grogné Riendeau.

Riendeau connaissait bien les habitudes des chiens. Il était persuadé que le chien faisait la sieste sur l'heure du midi. Poursuivi comme il l'était, sans une cour bien à lui pour se reposer, le chien avait dû se trouver un coin tranquille pour faire son somme. Riendeau avait donc commencé à marcher le long de la voie ferrée en recherchant un tel endroit. Brusquement, il s'était arrêté, faisant signe à Auclair de se taire.

Il indiquait le caniveau sous leurs pieds. Ce caniveau servait à faire écouler les eaux de pluie sous le remblai de la voie ferrée. En cette saison, le caniveau était à sec et c'était l'endroit idéal pour piquer un somme.

À la hâte, ils avaient établi leur stratégie. Auclair s'était mis en position à un bout, tandis que Riendeau se laissait glisser le long du talus pour bloquer l'autre bout. Sûrs de leur coup, ils s'étaient penchés en même temps pour regarder dans le grand tuyau et ils avaient aperçu leur proie.

Mais il ne dormait plus maintenant, les chasseurs l'avaient réveillé. Sa tête était relevée, ses oreilles dressées.

— Ton filet! avait crié Riendeau. Bloque ton bout!

Ils avaient bloqué les deux issues en même temps.

Le chien avait eu le temps de réaliser à quel point sa situation était désespérée. Il devait faire quelque chose, et le plus tôt serait le mieux. Il s'était relevé, les pattes raides, chaque muscle tendu. Il allait et venait dans le tunnel, comme s'il évaluait chacun des visages qu'il voyait derrière les filets. Pendant qu'il

réfléchissait, il grognait. Avait-il détecté de l'indécision chez monsieur Auclair? Il avait chargé vers lui en jappant et en montrant deux rangées de crocs blancs et menaçants.

Ce n'était pas le métier de monsieur Auclair de courir les chiens. Il voulait bien le capturer, mais n'avait aucune envie de se faire mordre.

De plus, le caniveau formait une caisse de résonance qui amplifiait les aboiements du chien et ses dents blanches étincelaient dans la pénombre. Instinctivement, Auclair avait eu le réflexe de reculer et le chien s'était échappé.

Furieux, Riendeau s'était mis à crier après Auclair tandis qu'il remontait le remblai en courant pour poursuivre le chien le long de la voie ferrée. Cependant, cette fois-ci il gagnait du terrain sur sa proie. La sieste du chien l'avait laissé chancelant et lent.

Derrière eux, un train approchait, il allait s'arrêter à la station et roulait au ralenti. Sa cloche sonnait, mais Riendeau ne s'en préoccupait pas outre mesure, s'assurant simplement de ne pas être dans le chemin. Il continuait de gagner du terrain sur le chien.

Le convoi passait maintenant à leur hauteur. L'homme, le chien et le train, tous allaient dans la même direction. Le train roulait de moins en moins vite, mais il était toujours en mouvement quand le chien s'était immobilisé et avait sauté sur un wagon à fond plat, perdant presque pied, avant de se redresser sur ses pattes.

Se retournant, il avait poussé un jappement en direction de Riendeau avant de sauter de l'autre côté, sain et sauf, libre.

Séparé de sa proie par le train en mouvement, Riendeau avait lancé son filet par terre d'un geste rageur en hurlant son mécontentement contre le train, le chien et Gérard Auclair.

Même si Auclair était loin derrière, il n'en avait pas moins été témoin de cette fuite inusitée et il en était épaté. Il avait couru rejoindre Riendeau.

— Tu as vu ça, Gus? Quelle évasion! Ce chien-là est un... un super-chien!

Le mot super-chien et le respect avec lequel Auclair l'avait prononcé le rendaient désormais suspect aux yeux de Riendeau. Quel assistant! Vanter le chien qu'il venait d'aider à s'enfuir! Sans un mot, Riendeau avait tourné le dos à Auclair et il était rentré chez lui.

Auclair, quant à lui, commençait à éprouver de l'admiration pour ce chien qui était si humain dans son comportement, si futé dans sa manière de s'échapper et qui avait réussi, bien que toutes les chances aient été contre lui, à berner deux aussi brillants chasseurs de chien.

Plutôt que de rentrer chez lui, Auclair s'était dirigé vers l'hôtel Lavérendry. Il avait envie de parler. Il savait qu'une légende venait de naître et qu'il en faisait partie.

L'hôtel venait à peine d'ouvrir et il y avait peu de clients, mais Auclair avait repéré deux de ses amis assis à une table et s'était joint à eux. Le Gros Jean, un bûcheron à la retraite, un habitué de l'hôtel, avait sorti son porte-monnaie.

— Assieds-toi Gérard, je t'offre un verre.

Après avoir vidé son verre, Auclair s'était mis à vanter les mérites du super-chien.

— C'est le chien le plus formidable qui existe. Personne, personne ne va l'attraper celui-là et certainement pas Riendeau. Non monsieur. Vous auriez dû voir ce qu'il nous a fait. On l'avait coincé dans le caniveau, vous voyez? Deux filets, un à chaque bout. On était certains de l'avoir. Mais je vous dis, il a foncé comme une bombe et j'ai été obligé de lâcher. Il avait des dents de loup. J'étais bien content de m'ôter de là.

Ensuite, on l'a poursuivi le long de la voie ferrée. Il y avait un train qui arrivait. Vous l'avez entendu, les gars, non? Un grand train de marchandise. Nous, on courait après le chien le long du train. Vous auriez dû le voir. Le chien a sauté dans le train en marche.

— Allez, Gérard, n'exagère pas. Sauter dans un train en marche? Un chien?

— En plein ça, les gars! C'est la pure vérité. Vous avez jamais entendu parler d'un chien qui saute dans un train en marche, hein? Eh bien, celui-là l'a fait. Il a sauté sur la plate-forme d'un wagon, il a regardé Riendeau, puis il lui a fait une grimace. Oui, monsieur, une grimace! Ensuite, il a jappé après lui avant de sauter de l'autre côté, en toute sécurité, libre comme l'air. Je vous le dis, ce chien-là est un artiste de l'évasion. Je vous jure. Oui monsieur, un véritable artiste de l'évasion, comme Houdini!

C'est ainsi que le super-chien avait hérité de son surnom, Houdini.

Chapitre 6

Le super-chien

Pour Riendeau, les semaines qui avaient suivi avaient été misérables. Le chien l'obsédait. Comme il passait le plus clair de son temps à parcourir la ville pour essayer de trouver et de capturer le chien, son entreprise de fourrures en souffrait puisque ses pièges n'étaient pas inspectés régulièrement. En plus, côté chien, la chance le boudait : Houdini était toujours libre.

Riendeau se rendait compte qu'il ne pouvait même plus se détendre à l'hôtel sans qu'un rigolo ne fasse une blague à propos du chien.

— As-tu vu le super-chien aujourd'hui, Riendeau?

— Est-ce que Houdini a pris le train, aujourd'hui?

Il s'était également rendu compte que les clients de l'hôtel pariaient sur la date de capture de Houdini ou, pire encore, si on l'attraperait ou non.

Riendeau commençait à éviter les lieux publics et ne répondait plus au téléphone. En famille, il était bourru. Sa femme gardait le silence et son fils se tenait le plus loin possible de la maison.

Pendant ce temps, Houdini se gagnait des admirateurs. Gérard Auclair, par exemple. Même s'il continuait d'aimer et de prendre soin de son propre chien

Fido, il disait qu'il fallait rendre à César ce qui appartient à César. C'était tout un chien.

Parmi les enfants, Houdini s'était fait plusieurs amis. L'idée d'un super-chien excitait leur imagination et, à l'école, ils passaient des heures interminables à dessiner son portrait sur leurs cartables et sur le dessus de leur pupitre. On le représentait en train de battre toute une meute d'énormes chiens, sautant à bord d'un train filant à toute allure ou se moquant du patrouilleur.

Après l'école, les partisans du super-chien agrafaient des affiches de leur héros sur la clôture de Riendeau, une habitude qui rendait le petit homme encore plus furieux et qui l'humiliait davantage. Certains écrivaient aussi à la craie des commentaires sarcastiques sur le trottoir, devant chez lui :

De l'anti-héros au super-héros
*
Houdini le chien, artiste de l'évasion
*
Cessez de poursuivre Houdini

Un poète local avait écrit une chanson en l'honneur du chien :

Houdini, Houdini,
on l'appelait
Houdini.

Un diable de chien blanc et noir,
futé comme un renard,
vif comme l'éclair.

Houdini, Houdini,
on l'appelait Houdini.

A forcé Riendeau,
fameux trappeur
et patrouilleur
à plonger
dans une mare d'eau.

Houdini, Houdini,
on l'appelait Houdini.

Coincé dans un caniveau,
captif de deux filets,
a jappé, a montré ses crocs
pour jaillir comme un boulet.
Houdini,
s'est sauvé à bord d'un train
au déshonneur
du patrouilleur.

Houdini, Houdini,
on l'appelait
Houdini.

Un garçonnet, Nicolas Godbout, était rentré chez lui un jour en demandant à sa mère si sa chienne pouvait avoir des chiots par le super-chien.

— Des chiots? avait demandé la mère étonnée.

— Oui, j'aimerais qu'il soit leur père, avait expliqué le petit garçon.

— Non, Nicolas, avait crié sa mère. Je ne veux pas de chiots de ce bâtard dans cette maison! Va te laver les mains avant de manger.

Mais les parents ne pouvaient pas étouffer l'admiration de leurs enfants pour le chien. Les boîtes de nourriture pour chien disparaissaient des tablettes à un rythme plus rapide puisque les enfants le nourris- saient en cachette. Il commençait en effet à se la couler douce.

Houdini s'était fait des amis chez les adultes également. De tous les chiens que la ville avait connus, c'était celui dont on parlait le plus, et quelques citoyens commençaient à souhaiter qu'il continue à échapper à Riendeau. Il était le sujet de conversations sans fin. Les gens se demandaient d'où il venait, comment il était devenu si futé, combien de temps il réussirait à échapper au patrouilleur. Il fournissait à la population un sujet de plaisanterie et une raison pour parier. Évidemment, maintenant que de nombreux enfants s'étaient mis à le nourrir, il n'avait plus besoin de voler la nourriture des autres chiens ou de se battre avec eux. Tout naturellement, le ressentiment à son égard s'apaisait.

Mais tout le monde n'était pas son ami. Monsieur Choinière, par exemple, le professeur de quatrième année. Son chien, un colley pure race, dépourvu de tout courage, s'était fait rosser publiquement par le chien errant dans les premiers temps de son arrivée en ville. Pour cette raison, monsieur Choinière n'avait rien trouvé de drôle dans le fait que les enfants se mettent à barbouiller sur leur pupitre - un comportement interdit en tout temps - des dessins de ce vaurien de chien errant.

Il avait alors surpris Charles Gagnon en train de graver le nom de Houdini sur le rebord de la fenêtre, près de l'aiguisoir à crayons. Monsieur Choinière était furieux et il avait dit à Charles qu'il devrait payer pour faire réparer les dommages. Charles était rentré chez lui en pleurant et avait demandé de l'argent à son père. Malheureusement, monsieur Gagnon était au chômage depuis deux mois et n'était pas d'humeur à jeter son argent par les fenêtres. Après la fin des cours, il s'était rendu à pied à l'école et, hargneux, avait abordé monsieur Choinière qui était assis dans sa classe et corrigeait des copies.

Quand la porte s'était ouverte brusquement, le professeur avait levé la tête.

— Ah, monsieur Gagnon, avait-il dit en se levant.

Mais monsieur Gagnon n'était pas d'humeur à discuter.

— Vous n'aurez pas un sou de plus. Vous m'avez déjà saigné à blanc avec vos taxes scolaires.

— Mais monsieur Gagnon...

— Votre chien est un fieffé peureux et le super-chien en vaut dix comme lui. Si vous êtes si bon professeur, vous pourriez apprendre à votre chien à se battre.

Là-dessus, monsieur Choinière avait perdu de vue qu'il était un enseignant et s'était mis en colère. Attiré par le bruit, le directeur avait fait irruption dans la classe et avait trouvé messieurs Choinière et Gagnon nez à nez, se jetant des insultes à la figure, en ponctuant chacune de leurs remarques d'un geste hostile.

Le directeur avait fait sortir monsieur Choinière en vitesse et avait calmé monsieur Gagnon en lui promettant que Charles pourrait réparer les dommages lui-même en ponçant ses graffiti au papier de verre, son père n'aurait donc pas à débourser d'argent. Lors de la rencontre suivante avec ses enseignants, le directeur avait rappelé au personnel qu'ils étaient des professionnels et, qu'en toutes circonstances, ils se devaient de garder leur calme.

Les autres professeurs étaient furieux. Ils prétendaient que si un d'entre eux pouvait se faire agresser dans sa classe sous prétexte qu'il faisait son travail, quelque chose ne tournait pas rond. Ils avaient réclamé que tous les auteurs de graffiti soient suspendus immédiatement.

Le directeur avait rétorqué qu'il admettait qu'il y avait un problème avec les graffiti et le barbouillage, mais qu'une réaction trop violente ne ferait que jeter de l'huile sur le feu. En disant ces mots, il regardait monsieur Choinière. Celui-ci avait regardé par la fenêtre. Pendant ce temps, en classe, Charles ponçait en silence.

Mais ce n'était pas tout. Plusieurs des élèves de la classe de monsieur Choinière en voulaient à Charles d'avoir attiré des ennuis à leur professeur favori. Ils estimaient qu'il n'aurait pas dû aller se plaindre à son père. En fait, ils l'avaient traité de «porte-panier» et, à la récréation, une bagarre avait éclaté dans la cour. Peu de temps après, le père du garçon qui s'était battu avec Charles s'était querellé avec monsieur Gagnon.

Ensuite, toute l'affaire s'était retrouvée devant les commissaires parce que monsieur Gagnon avait demandé le congédiement de monsieur Choinière. Les commissaires avaient promis d'analyser le dossier. Monsieur Choinière n'avait pas été congédié, mais on lui avait recommandé de contrôler son caractère.

Tout le monde avait son opinion sur le sujet. Certains prenaient parti pour monsieur Choinière et avaient écrit des lettres au journal local pour lui signifier leur appui. D'autres l'avaient critiqué en écrivant aux commissaires. La ville était divisée.

Pendant que la controverse faisait rage dans sa ville, le maire était assis dans son bureau. La même question lui trottait toujours dans la tête : comment se peut-il que ce chien coure encore les rues?

Chapitre 7

Un plan

Comme pour ajouter l'injure à l'insulte, Houdini avait tout naturellement pris l'habitude de fréquenter le terrain inoccupé voisin de la cour de Riendeau. Cela avait le don de rendre le patrouilleur si furieux que sa femme craignait que le chien ne tombe sur les nerfs de son mari et nuise à son commerce de fourrures. Mais Houdini savait exactement ce qu'il faisait. Il considérait Riendeau comme l'ennemi public numéro un. De son lieu d'observation stratégique, il pouvait épier les mouvements du patrouilleur, ce qui mettait Riendeau en position désavantageuse.

Le super-chien se moquait-il de lui? Les gens faisaient des blagues sur un chien errant qui avait élu

domicile sur le terrain voisin de la cour d'un patrouilleur.

Le maire était furieux. Il avait convoqué Riendeau.

— De quoi avons-nous l'air, pensez-vous?
tempêtait-il. La risée de la ville, voilà de quoi nous
avons l'air. Faites quelque chose mon vieux!

— Voulez-vous que je le descende au fusil?

— Mon Dieu, non! Ce serait un suicide politique.

— Je ne suis pas un politicien, monsieur le maire,
je suis simplement un patrouilleur - pour vous, le
directeur du contrôle des opérations canines. Abattre
un chien est la meilleure méthode de contrôle.

— Nous aurions tout le monde sur le dos. Tirer sur
un chien! Ciel! non. Vous ne connaissez donc pas les
règlements municipaux? Vous ne savez pas que
l'utilisation des armes à feu est illégale à l'intérieur des
limites de la ville?

Riendeau n'était pas ému le moins du monde.

— Je peux l'empoisonner.

— Riendeau!

Le maire avait levé les bras au ciel. Il s'était mis à
faire les cent pas tout en continuant de parler.

— Vous êtes carrément fou. L'empoisonner? Non,
non, non! Mais... attendez une minute. Attendez voir
une petite minute...

Graduellement, la colère du maire se transformait
en espoir.

— Vous avez dit poison? Non, non, pas du poison. Quelque chose d'autre, Riendeau. Nous allons finir par l'avoir! Nous allons utiliser autre chose, quelque chose de mieux. Quelque chose de moins violent, pas assez pour le tuer, mais juste... J'ai vu ça à la télévision. Je me demande comment il se fait que nous n'y ayons pas pensé avant? Des tranquillisants, Riendeau. Des tranquillisants! On devrait lui faire son affaire avec ça, pas vrai? Bien sûr!

Les yeux de Riendeau s'étaient mis à briller et un léger sourire avait éclairé son visage.

— Vous lui en mettrez dans de la nourriture, avait continué le maire. Le chien va l'avaler et tombera endormi. On voit ça tous les jours à la télé, sauf qu'ils utilisent un fusil pour administrer le tranquillisant. Nous allons l'avoir, pas vrai Riendeau?

— C'est une bonne idée, monsieur le maire, avait approuvé Riendeau.

Fier de lui, le maire marchait de long en large dans son bureau.

— Maintenant, je n'aurai plus tout ce monde sur le dos. Vous non plus d'ailleurs.

Riendeau arborait maintenant un large sourire. Il serrait la main du maire.

— Ça va aller, monsieur le maire. Ça va aller.

Avant de partir, il avait accepté un cigare du maire.

Il se retrouvait encore une fois sur les marches de l'hôtel de ville et il regardait les flocons de neige tomber du ciel. Il avait toujours aimé la neige, mais il l'aimait deux fois plus maintenant. Il se sentait bien, et quand il était heureux, il appréciait tout en double.

Il murmurait pour lui-même.

— Super-chien, hein? On t'appelle Houdini, n'est-ce pas? Je vais si bien te bourrer de tranquillisants que tu ne feras pas quatre pas avant de tomber dans les pommes. Tes jours sont comptés espèce de bâtard.

Puisque Riendeau n'avait pas de tranquillisants sous la main, il ne pouvait pas appâter Houdini ce jour-là. La municipalité devrait en commander. Mais demain. Demain, demain, super-chien.

C'est le coeur léger qu'il était allé inspecter ses pièges, et tout en piétinant la neige de ses raquettes, ses pensées s'accordaient au rythme de ses enjambées vigoureuses.

Le chien au bois dormant
Remplacera super-chien.
Je t'aurai à la fin.

Me traîner dans la boue,
Te sauver du caniveau
Déguerpir sur un train,
Tu vas payer enfin.

Toi qui campes sur le terrain
Voisin de mon jardin,
Toi qui es le héros
De leurs chansons d'idiots,
De leurs dessins de sots,
Je t'aurai à la fin.

Houdini, Houdini,
Je ne me fais plus de bile,
Car je vais t'inviter
À un dîner tranquille,
Et les bras de Morphée
Te berceront longtemps,
Longtemps, longtemps,
Pour tout le temps...

Depuis des semaines, il ne s'était pas senti aussi bien. Il avait l'impression d'être un homme neuf. L'idée des tranquillisants l'avait rendu créatif, poétique même. Combien de fois avait-il marché dans la neige, combien de fois avait-il été dans les bois sans n'y voir rien d'autre que de la neige et des arbres? Maintenant, il regardait tout cela d'un oeil neuf.

La neige sèche formait un tapis scintillant sous la lumière du soleil. Elle embellissait les arbres qui la retenaient dans leurs branches. Et les arbres! Même les arbres prenaient des allures de cathédrale.

Ses pièges lui rendaient une bonne récolte. Trois castors, un renard roux, sept martres et une loutre.

— Ma chance vient de tourner, se disait-il tout haut. Maintenant je vais l'avoir.

De retour chez lui, il était vif et agréable. Il avait même étonné sa femme en l'appelant «mon amour». Elle ne l'avait pas vu de si bonne humeur depuis longtemps.

Installé dans l'annexe adjacente à la cuisine, il avait entrepris d'écorcher les bêtes. C'était une grande pièce qu'on avait construite expressément pour y écorcher les prises et tendre les peaux. La pièce était chauffée par un poêle à bois qui crépitait bruyamment. Pendant qu'il s'activait sur le premier castor, il fredonnait joyeusement pour lui-même.

— Tu as attrapé le chien Gus?

C'était plutôt une affirmation qu'une question.

— Pas encore, chérie. Pas encore. Mais ça va venir, j'ai un plan.

— Je te souhaite sincèrement de l'attraper.

Il avait levé les yeux.

— Tu le penses vraiment?

— Bien sûr que je le pense.

— Tu dois bien être l'une des seules.

— Ah oui?

— Toute la ville raffole de ce bâtard de chien. Même mes amis l'aiment en cachette. Jusqu'à Gérard Auclair;

toute la bande, je te dis. Super-chien, c'est comme ça qu'ils l'appellent. Houdini. Oui, surtout *Houdini*. Il avait dit ces derniers mots sur un ton méprisant.

— J'en ai entendu parler. Je n'aime pas tellement qu'un chien ridiculise mon mari. Et les gens! Comme s'ils étaient heureux qu'un chien se moque d'un homme. Donne, je vais te servir un autre café.

Elle avait pris sa tasse vide et était retournée dans la cuisine.

— Je suis avec toi, Gus. Ce n'est pas correct qu'un chien fasse ça. Ce n'est pas correct que tu te tracasses à ce point-là.

Les paroles de sa femme le réconfortaient davantage. Il avait bu son café et s'était remis au travail.

Peu après, Martin était rentré de l'école. Il avait laissé tomber son sac dans le coin.

— Bonjour maman. Est-ce que papa est là?

— Oui.

Le garçon avait passé la tête dans la porte de l'annexe. En voyant les bêtes sur la table et le travail expert des mains de son père, ses yeux s'étaient mis à briller.

— Bonjour papa.

— Bonjour!

S'enhardissant, Martin s'était avancé dans la pièce et avait précautionneusement commencé à flatter la fourrure des animaux allongés. Quand il avait retiré ses mains, elles étaient mouillées par la neige fondue. Ensuite, il avait soupesé chaque animal.

— Est-ce que je pourrais aller avec toi la prochaine fois, papa?

— Non.

— En fin de semaine.

— Non plus.

— Hé, tu ne m'emmènes jamais avec toi, même pas les fins de semaine.

— Va faire tes devoirs.

— Est-ce que je peux rester, juste pour regarder?

— Sors!

— Aw! avait laissé échapper le garçon déçu.

Sa mère l'avait croisé à la porte.

— Ne dérange pas ton père, Martin.

— Je ne le dérangeais pas.

— Va faire tes devoirs.

— J'ai fini. Je les ai faits à l'école.

— Dans ce cas-là, rentre du bois pour le poêle de ton père.

— Oui maman.

Après avoir enfilé ses vêtements de travail, Martin s'était consciencieusement mis à apporter du bois de chauffage. Il prenait les bûches dehors, à même la corde de bois, et les déposait dans la boîte à bois. Il travaillait lentement pour se donner une chance de regarder son père détacher les peaux et les étirer.

Sitôt son travail terminé, il s'était volatilisé. Il allait rejoindre son ami Pierre, à moins que Pierre et son père ne soient partis sur leur motoneige. Il aurait aimé que sa famille possède une motoneige. Mais à quoi bon? Son père ne l'emmènerait probablement pas, de toute manière. Il ne le laisserait pas se balader tout seul non plus.

Tout en travaillant habilement, Riendeau sentait à nouveau la joie de la victoire s'emparer de lui. Le maire s'occupait des tranquillisants. Il allait les avoir demain. Ce soir, il pouvait dormir tranquille. Il savait que cette nuit serait la dernière bonne nuit de sommeil du chien. Ensuite, il dormirait définitivement. Demain, il allait le capturer et, comme le chien n'avait pas de maître, il serait supprimé.

Adieu super-chien. Adieu Houdini!

Chapitre 8

Martin Riendeau

Martin Riendeau était un solitaire. Son unique ami, Pierre Groulx, habitait à quatre coins de rue. C'est là qu'il se dirigeait maintenant.

Il entendait et voyait des garçons jouer au hockey sur la rue Mentana, mais il n'avait pas essayé de se joindre à eux. En fait, il avait fait un détour par la ruelle pour les éviter. De toute manière, même s'il était resté debout en bordure du jeu, ils ne lui auraient probablement pas offert de jouer.

Martin n'aimait pas les jeux d'équipe. Il consentait à patiner, mais il détestait le hockey. Ce qui l'embêtait c'est qu'il savait que son père aurait aimé qu'il joue au hockey comme tous les autres garçons de la ville. Riendeau avait l'impression qu'en refusant de jouer, Martin le laissait tomber. Tous les autres hommes vantaient fièrement les exploits de leurs fils, lui n'avait rien à se glorifier en retour.

Martin n'était pas fou de base-ball non plus. Pourtant il jouait avec l'école puisque, à chaque printemps, le professeur amenait ses élèves au terrain de base-ball. Toute l'année, il pratiquait des sports d'équipe, mais uniquement à l'école et seulement quand il y était obligé.

Il y avait deux sports qu'il aimait vraiment : la chasse et la pêche. Il pêchait du quai municipal et il connaissait tous les bons coins de la crique comme ceux de la rivière qui coulait au milieu de la ville. Cependant, il n'était pas encore en âge d'aller à la chasse tout seul. Il aurait bien aimé accompagner son père quand, à chaque année, il partait chasser le chevreuil et l'orignal, mais son père ne l'emmenait jamais. Martin n'avait même jamais vu son père tirer du fusil.

Si seulement il avait un chien, ça ne serait pas si mal. Il aurait de la compagnie pour ses longues marches à travers la forêt. S'il avait un chien, il pourrait l'entraîner à pister le gibier et à le rapporter... Martin soupirait. Beaucoup de garçons avaient un chien, mais pas le fils du patrouilleur.

Il avait frappé à la porte de Pierre. C'est sa soeur qui était venue répondre. C'était une jolie fille. Elle avait des cheveux noirs ondulés et des joues roses. Polie, souriante.

Elle lui avait annoncé que Pierre n'était pas à la maison. Il était allé au village voisin avec son père. Ils allaient être de retour vers la tombée de la nuit.

— Veux-tu l'attendre? Il y a les *Pierrafeux* à la télé.

— Non, merci Évelyne. Je reviendrai plus tard.

— Certain?

— Oui, sinon je téléphonerai à Pierre ce soir.

Martin était reparti en vitesse. C'était bête. Il se sentait incapable de rester et d'écouter la télé avec la soeur de Pierre! Il avait les joues rouges et il avait chaud. Toutefois, une chose était sûre, elle avait un sourire charmant.

Il hésitait. Même si Pierre n'était pas là, il pourrait bien... mais il n'osait pas. Il entendait le grondement des motoneiges qui provenait du terrain de golf en bordure de la ville. Il allait aller jeter un coup d'oeil.

Le soleil était déjà couché, mais il avait le temps. Il n'avait pas du tout envie de rentrer à la maison si tôt. Si seulement il avait pu avoir un frère ou une soeur comme Évelyne. Ou simplement un chien. Ils pourraient se promener ici et flâner ensemble.

En approchant du golf, la pétarade des machines était de plus en plus forte. Il les voyait filer sur la neige et remonter sur les bosses comme des bateaux sur les vagues. Les machines soulevaient un panache de neige

sur leur passage et il voyait les écharpes des conducteurs flotter au vent. Il les regardait, à l'écart, fasciné.

Il s'abritait du vent dans une vieille cabane qui
avait jadis appartenu à un trappeur. C'était avant que
la ville ne grandisse et que le terrain de golf ne soit
taillé à la hache, à même la forêt. Pourtant, la cabane
était toujours debout, résistant aux intempéries,
presque éternelle avec sa cheminée qui pointait à
travers les bardeaux pourris de la toiture. Une des
fenêtres était brisée, le tir d'un chasseur maladroit
l'avait fait voler en éclats. Il y avait une porte, mais elle
n'était pas verrouillée et Martin s'était glissé à

l'intérieur. Personne n'avait saccagé l'endroit. Une table de bois était renversée sur le côté et, à côté de la porte, un vieux chapeau pendait à un clou. Il y avait un lit de camp en planches, un foyer de pierre, des tablettes et une boîte à bois.

Martin s'était approché de la vitre brisée et regardait dehors, surveillant les motoneiges. Elles allaient vite, elles étaient puissantes et manoeuvrables. Il aurait bien aimé faire un tour à pleine vitesse, mais il ne connaissait aucun des conducteurs assez bien pour le leur demander.

Les machines ne filaient pas toutes à grande vitesse. Une des motoneiges allait lentement. C'était un père qui faisait faire un tour à ses enfants. Un des enfants était assis à califourchon derrière son père, tandis que les deux autres étaient dans un traîneau et se faisaient tirer. Martin avait pensé aux canards qui nagent devant leurs canetons au printemps.

L'intensité de la lumière diminuait rapidement.

Soudainement, Blaise Lefebvre était sorti du bois. Il traînait un sapin de Noël sur son traîneau. C'était un bel arbre et une pensée lui traversa l'esprit. Pourquoi ne ramènerait-il pas un arbre à la maison lui aussi? Ce serait une bonne idée. Cela ferait plaisir à sa mère en plus de lui fournir un bon prétexte pour rentrer un peu plus tard. Il était sorti de la cabane en vitesse, en prenant soin de bien refermer la porte derrière lui.

Au printemps ou à l'été, il avait maintes fois rapporté du poisson à la maison : truite arc-en-ciel, truite mouchetée ou encore un délicieux petit brochet. Quelque chose pour le garde-manger ne manquait jamais de faire plaisir à sa mère. Généralement, elle en oubliait de lui demander d'où il venait. Dans les mois d'hiver, il ramenait souvent des lièvres qu'il avait pris au collet. Aujourd'hui, c'était la saison du sapin de Noël.

Il avait repéré la hache dont Blaise s'était servi pour couper son arbre.

— Beau sapin, Blaise.

— Pas mal, avait répondu l'autre.

Il portait un blouson en duvet et protégeait ses oreilles avec les rabats de son bonnet. Les jambes de son pantalon étaient glissées, bien serrées, dans de grosses bottes de motoneige couvertes de neige.

— Qu'est-ce que tu fais ici? avait demandé Blaise.

— Oh, rien de spécial. Je suis venu me chercher un arbre, moi aussi, mais j'ai oublié d'emporter ma hache.

Blaise avait accepté de lui prêter la sienne.

— Je sais où il y en a un autre bien beau. Viens, je vais te montrer.

— Merci, avait dit Martin.

Blaise avait laissé son arbre sur place et était entré le premier dans la forêt enneigée. Tous les arbres, les grands comme les petits, retenaient la neige dans leurs branches. Partout c'était le silence. Même le bruit des motoneiges était à peine perceptible.

Bientôt, ils revenaient avec l'arbre de Martin sur le traîneau. Ils avaient attaché celui de Blaise par-dessus et, ensemble, ils avaient tiré leur charge jusque chez eux.

L'obscurité tombait sur les collines, mais la neige réfléchissait la lumière à tel point qu'en terrain dégagé, Martin y voyait aisément. Les motoneigistes continuaient à se promener sur leurs engins. Les bottes des garçons faisaient crisser la neige sous leurs pas. Un peu plus loin, ils avaient été accueillis par les lumières de la ville qui scintillaient dans la nuit tombante. Les guirlandes de lumières colorées qui pendaient aux pignons et aux corniches des maisons ajoutaient à cet accueil une touche d'enthousiasme.

Les garçons s'étaient d'abord arrêtés à la maison de Blaise. Il avait déchargé son arbre et prêté son traîneau à Martin pour qu'il puisse emporter le sapin chez lui. Il le lui rendrait le lendemain. Martin rentrait chez lui, mais en passant devant chez Pierre, il avait remarqué que la camionnette de monsieur Groulx était dans l'allée. Pierre était revenu.

Il faisait nuit maintenant, mais pourquoi ne pas s'arrêter un petit moment pour voir Pierre? Il en profiterait également pour voir Évelyne et aurait droit à un autre de ses sourires. Il avait froid et il avait toujours eu l'impression que chez Évelyne et Pierre il faisait plus chaud que chez lui.

Encore une fois, c'est Évelyne qui avait ouvert la porte.

— Il est au sous-sol. Viens, entre. Regarde-moi ça, tu es plein de neige!

C'était une manière polie de dire à Martin qu'il devait secouer ses vêtements. Il s'était servi du balai qui restait dans le portique expressément à cette fin, et il avait enlevé ses bottes pleines de neige.

Pierre était au sous-sol et là, sur le plancher, il y avait un des plus jolis petits chiens que Martin ait jamais vu. Il était couché sur le dos, les quatre pattes en l'air, et jouait avec les doigts de Pierre, en poussant de petits grognements de chiot.

— Salut Martin, avait dit Pierre en levant les yeux.

— Qu'est-ce que c'est? avait demandé Martin.

Pierre avait eu une grimace timide.

— C'est un petit chien. Je l'ai eu cet après-midi. C'est papa qui me l'a acheté. Il est mignon, non?

Martin le regardait avec de grands yeux étonnés. Finalement, il avait fini par demander.

— C'est à toi? Juste à toi?

— Oui, oui. C'est un cadeau de Noël avant Noël.

Martin ne disait pas un mot. Il aurait tout donné pour avoir un chien comme celui-là. Il sentait la jalousie l'envahir, une envie incontrôlable d'avoir un petit chien bien à lui. Il ne pouvait pas rester ici plus longtemps.

— Il faut que je parte.

— Tu ne veux pas le flatter un peu? avait demandé Pierre.

— Pas ce soir, Pierre, je suis en retard. Demain, peut-être.

— Je l'appelle Samson, avait dit Pierre en attrapant une de ses petites pattes avant.

— Ah oui? C'est un beau nom. Il faut que je me sauve, maintenant. Salut, Pierre. Bonsoir Évelyne.

— Salut, avaient-ils répondu tous les deux.

Martin avait tiré le traîneau d'un pas rapide jusque chez lui en suivant la vapeur blanche que faisait son haleine. Il se faisait tard quand il était rentré.

— Pour l'amour de Dieu, Martin, où étais-tu passé? avait demandé sa mère.

— J'ai été chercher un arbre, c'est tout.

Il avait rentré l'arbre dans la maison et l'avait traîné jusqu'au sous-sol. Avant de le décorer, il fallait que la neige des branches et des aiguilles fonde. Sa mère l'avait suivi et l'avait regardé l'appuyer dans un coin. Elle était contente, c'est exactement ce qu'il souhaitait.

— C'est un bel arbre. Tu as dû aller le chercher loin.

— Oui.

— Tu as faim?

— Pas tellement.

Samson, le petit chien, lui avait coupé l'appétit.

— Où est papa?

— Il regarde la télé, avait répondu sa mère en levant les yeux vers le rez-de-chaussée.

Il entendait le son de l'appareil et l'excitation dans la voix du commentateur. C'était *La Soirée du Hockey*. Le Canadien de Montréal contre Toronto, au *Maple Leaf Gardens*. Son père devait être rivé à l'écran. C'était un ardent partisan du Canadien. Martin aurait pu rester dehors encore deux heures sans se faire disputer. Il n'y avait aucun risque, pas quand son père regardait le hockey.

Une question lui brûlait les lèvres.

— Maman, pourquoi est-ce que je ne peux pas avoir un chien?

— Tu sais ce que ton père a dit là-dessus.

— Il n'a rien dit. Tout ce qu'il me répond, c'est non.

— Il s'occupe de la fourrière, Martin. De quoi aurait-il l'air s'il fallait que notre chien se mette à vagabonder?

— Mais ça n'arriverait pas, je ne le laisserais pas faire.

— Viens, ton souper est prêt.

Ils étaient remontés du sous-sol et Martin avait avalé son repas tout en choisissant soigneusement les mots qu'il allait dire à son père.

Après le souper, il était tout à fait prêt. Il avait attendu une pause publicitaire.

— Papa, devine ce que je veux pour Noël?

— Quoi?

Il avait posé la question en tirant une bouffée de sa pipe. Il était de bonne humeur, Montréal venait tout juste de compter un but.

— Un petit chien.

— Pas question.

— Il y a plein de garçons qui ont des chiens.

— Non.

— Pierre a un petit chien. Il vient juste de l'avoir. Pour Noël. C'est son père qui le lui a offert.

— Pas de chien dans cette maison.

— Oh, papa. Je ne le laisserais pas courir n'importe où. Il ne t'embêterait pas.

— Ça suffit, mon garçon.

Le match venait de reprendre. Martin savait que c'était inutile de continuer. Frustré, il était monté dans sa chambre en coup de vent.

Lui aussi était un admirateur de Houdini. Lui aussi avait souvent dessiné des portraits du chien, mais il cachait ses dessins dans une boîte dans sa penderie. Par crainte de son père, il ne dessinait pas à la maison, il ne les regardait même pas ici. Mais là, il était assez fâché pour oublier toute prudence. Il avait sorti les dessins de la boîte, les avait dépliés et les avait collés au mur à côté des images qui s'y trouvaient déjà : des affiches de voitures de course qu'il avait dessinées et coloriées, des photos de poissons découpées dans un magazine, les photos de deux chiens esquimau et d'un loup arctique.

Satisfait, il s'était couché à plat ventre dans son lit en donnant des coups de pied, d'abord le gauche, ensuite le droit. Il peut bien venir, se disait-il sur un ton de défi. Qu'il vienne et qu'il se rende compte que son propre fils est un admirateur de Houdini.

Mais c'est sa mère qui était montée voir comment il allait. Elle avait deviné sa déception, sa tristesse, sa solitude.

— Qu'est-ce que tu fais?

— Oh rien, j'avais envie de m'étendre.

— Un jour, tu vas l'avoir ton chien.

— Quand? Quand je serai grand et que ça ne voudra plus rien dire? avait-il répondu d'un ton sec.

— Ne me parle pas sur ce ton-là, mon garçon.

— Excuse-moi, maman.

Après tout, ce n'était pas de sa faute à elle.

En se tournant pour sortir, elle avait aperçu les dessins. On voyait le super-chien dressé sur ses pattes arrière qui frappait sa poitrine gonflée avec des gants de boxe enfilés sur ses pattes avant. *Houdini*. Il avait écrit le nom en caractère gras, alternant le vert et le rouge.

— Qu'est-ce que c'est ça? Tu veux que ton père t'écorche vif?

Il peut bien, se disait Martin.

Sa mère n'était pas du même avis. D'une main nerveuse elle avait décollé les dessins du mur.

— Cache ça mon garçon! Fais-moi disparaître ça! Veux-tu bien me dire pourquoi tu as fait ça?

— C'est mon héros, maman.

— Un chien? Ton héros est un chien?

— C'est le héros de tout le monde.

— Mais il ridiculise ton père. Il tourmente ton propre père.

Désireux que sa mère comprenne, Martin s'était assis sur son lit.

— Maman, c'est un chien sensationnel. Pas de blague. C'est le meilleur. C'est un chien comme ça que je voudrais avoir.

Comme si elle craignait que son mari n'entre à l'improviste, sa mère guettait la porte du coin de l'oeil. Elle tenait les dessins à la main.

— Tu vas me faire le plaisir de te débarrasser de ces dessins-là pas plus tard que demain matin. Et ne les ramène jamais ici, tu m'entends?

Martin n'avait rien promis.

— Dans ce cas-là, je vais m'en occuper moi-même.

Madame Riendeau les avait glissés dans son chemisier.

— Tu devrais avoir plus de respect pour ton père, avait-elle dit d'un ton sévère. De tous les chiens de la ville, il fallait que tu dessines celui-là. Mais peu importe, ses jours sont comptés!

Martin l'avait regardée droit dans les yeux en demandant simplement :

— Pourquoi?

— Ton père a ce qu'il faut pour lui régler son compte. C'est simplement une question de temps maintenant.

— Qu'est-ce qu'il va faire?

— Il va utiliser des tranquillisants, c'est ça qu'il va faire. Ça va l'assommer, ensuite il va l'attraper et ça va mettre fin à cette situation honteuse.

— Oh non, avait murmuré Martin.

— De quel bord es-tu, Martin?

— Ce n'est pas juste. Tu ne te rends pas compte maman? Houdini n'a jamais rien fait de mal.

Là-dessus elle était sortie de la chambre. Elle n'aimait pas le contrarier, mais plus vite il se sortirait ce chien de la tête, mieux ce serait.

Martin s'était couché, mais, cette nuit-là, il n'avait pas beaucoup dormi.

Chapitre 9

La capture

C'était la semaine de Noël et toute la ville se préparait pour les fêtes. Les pères et leurs fils s'enfonçaient dans les bois qui ceinturent la ville et en ressortaient en traînant des sapins de Noël sur leurs traîneaux. Les corniches des maisons étaient décorées avec des lumières de couleur, tout comme les conifères qui poussaient sur les terrains devant les maisons.

Les pelouses avaient également leurs ornements : des bonshommes de neige avec un nez en carotte et un foulard autour du cou. Certains enfants construisaient des forts.

Les bancs de neige étaient aussi hauts que des dunes, d'un blanc pur et immaculé comme des cirrus. Seuls les endroits où la neige avait été entassée, étaient malpropres. À ces endroits, le gravier sale était incrusté dans les talus de neige. Mais les champs étaient intacts. Sous les arbres, il y avait une couche de neige de deux mètres d'épaisseur marquée uniquement d'empreintes de lièvres ou des pistes muettes de prédateurs.

Les magasins étaient décorés de guirlandes, de cloches de papier et de ballons. Les affaires étaient florissantes. Les yeux des jeunes enfants brillaient d'excitation en essayant de deviner ce que contenaient les paquets que leurs parents ramenaient à la maison.

Dans les réfrigérateurs, de grosses dindes de Noël attendaient d'être farcies. Les mères de famille cuisinaient sans répit.

Les bûcherons, qui passaient toute la semaine dans les chantiers, avaient commencé tôt à arriver en ville. Ils ne recommenceraient pas à travailler avant plusieurs jours.

En ville, les esprits commençaient à s'égayer. Après tout, Noël est une occasion spéciale, un moment où les gens mettent leurs rancunes de côté, pardonnent les mauvais coups et sourient aux étrangers. Dans cette atmosphère de fête qui s'emparait de toute la ville, plus personne ne pensait à Houdini, plus personne à l'exception du responsable de la patrouille canine, Gustave Riendeau.

Il avait obtenu le tranquillisant et avait déjà fait un essai, mais il avait échoué dans sa tentative de capturer le chien. Il s'était dit qu'un bâtard affamé comme Houdini goberait n'importe quelle nourriture qui lui serait offerte, mais ce n'était pas le cas. Il avait mélangé le tranquillisant à un vieux reste de soupe, mais le chien s'était à peine arrêté, l'avait reniflé, puis avait continué son chemin. Il venait tout juste de s'empiffrer d'un tas d'os qu'il avait découvert derrière un des marchés d'alimentation et de quelques dons de nourriture offerts en cachette. Il avait le ventre bien trop plein pour être tenté par la soupe de Riendeau.

Le patrouilleur, qui surveillait la scène depuis la fenêtre de sa cuisine, s'était mis en furie en voyant le chien lever le nez sur son appât.

— Ce démon, grognait-il. Trop fier pour manger de la soupe, c'est ça? Je vais t'apprendre!

Il avait tapé du pied si fort que la vaisselle s'était mise à danser la claquette dans les armoires. Tout d'un coup, il avait été pris d'une nouvelle frayeur. Et si le chien pouvait sentir le tranquillisant et qu'il refusait de manger l'appât?

Cette nuit-là, il n'avait pas fermé l'oeil et il s'était levé grognon et irascible. Il s'attendait à passer un Noël pourri. Mais il n'allait pas abandonner, pas maintenant.

Il avait ramené du bois deux lièvres fraîchement piégés et les avait suspendus au sous-sol pour les faire dégeler, ensuite il les avait nettoyés et coupés en morceaux. Finis les restes de table pour Houdini. Ce soir il allait s'offrir un ragoût de lièvre cuisiné tout spécialement à son intention.

Riendeau avait préparé le ragoût lui-même sur le poêle de la pièce où il écorchait ses bêtes et étirait ses peaux. Une fois refroidi, il y avait mis le tranquillisant et avait placé le bol dans la cour, contre la clôture, de telle sorte que Houdini puisse le trouver facilement. Ensuite, il s'était mis à faire le guet. Si, par hasard, un autre chien voulait manger ce somptueux dîner, il serait là pour le chasser. Si Houdini l'avalait, il serait prêt à le cueillir. Il attendait.

Houdini s'était amené, d'un pas vif, la queue en l'air, en grand seigneur des chiens. Depuis la voie ferrée du Canadien Pacifique, il s'était arrêté pour humer l'air et il avait flairé le ragoût de lièvre. Au premier coup de narine, il avait repéré d'où venait l'odeur. Quand il avait vu le bol, il s'était mis au trot et s'était dirigé droit dessus.

Comme s'il soupçonnait quelque chose de louche, il avait tourné deux fois autour de l'appât, mais il ne pouvait y résister. Il n'avait pas encore fait sa tournée de repas. Il avait faim et ce bol sentait trop bon pour s'en éloigner.

Il lui semblait avoir déjà senti ce fumet auparavant, et avoir déjà goûté à du lièvre. Mais oui, ça lui revenait! Ce vieil homme, son ancien maître! Vieux Georges faisait souvent ce genre de cuisine. Délicieux. Il se rappelait aussi qu'après le départ du vieux, il avait lui-même attrapé ce genre d'animal. Oui, il s'en souvenait.

Il avait plongé son museau dans le bol.

— Alléluia!

Riendeau n'avait pu retenir un cri de joie et il avait frappé du poing dans le creux de sa main. Sa femme, qui avait guetté à ses côtés, était contente pour lui.

— Gus, enfin!

Il lui avait donné un baiser rapide, un rare signe d'affection chez lui. Il avait même fait quelques pas de danse autour de la cuisine. Puis il avait dit brusquement :

— J'ai du travail à faire. Il faut que je l'attrape.

Et il avait enfilé ses mukluks en vitesse.

Houdini avait mangé voracement et avait léché le fond du bol. Ensuite, il s'était dirigé vers la voie ferrée. Cependant, quand il avait voulu gravir le remblai, il s'était rendu compte qu'il en était incapable. Ses pattes ne lui obéissaient plus; elles ne voulaient même plus le tenir debout. Et ses yeux! Ils se fermaient tout seuls. Tout devenait subitement plus noir.

Au loin, il avait entendu Riendeau claquer la porte du portique derrière lui. Il s'était tourné et, dans un brouillard, il avait aperçu l'homme, son ennemi, qui s'approchait. C'était donc de sa faute.

Houdini avait aboyé une fois, faiblement. Il essayait de se sauver. Puisqu'il ne pouvait pas remonter la pente, il prenait le chemin le plus facile. Il courait à l'aveuglette dans une autre direction, se faufilait entre des immeubles pour aboutir dans une rue.

Riendeau le poursuivait. Grâce à l'effet des tranquillisants, le patrouilleur gagnait rapidement du terrain. Il allait mettre la main sur Houdini d'un moment à l'autre quand, brusquement, le chien avait tourné un coin et s'était volatilisé! Riendeau s'était mis à le chercher, au milieu des poubelles et des ordures, dans la ruelle où il avait vu Houdini tourner. Mais le chien n'était plus dans les parages. Il s'était faufilé le long d'un passage latéral et était déjà sur la rue voisine, courant à l'aveuglette en trébuchant.

C'est à ce moment que la voiture l'avait frappé.

Martin Riendeau était là au moment où ça s'était produit. Il était sur le Chemin Saint-Marc, au sommet d'un banc de neige, perché sur les skis que lui avaient offerts ses parents le Noël précédent. Il attendait que la voiture qui s'amenait passe pour se laisser glisser le long de la pente et traverser la rue. De là où il était, il avait vu Houdini traverser la rue en titubant, en plein dans la trajectoire de la voiture.

— Houdini! Attention!

Mais le chien ne pouvait plus entendre ou voir quoi que ce soit. Il dormait déjà sur ses pattes. Il y avait eu un bruit sourd au moment où le pare-chocs l'avait fait voler dans la neige, aux pieds de Martin. Hors de contrôle, la voiture s'était mise à zigzaguer et avait piqué dans le banc de neige à une dizaine de mètres plus loin.

Houdini était muet. Martin le croyait mort, mais il s'était agenouillé rapidement et avait tâté le chien en cherchant un signe de vie. Houdini respirait.

Deux hommes étaient descendus de la voiture.

— Penses-tu que je l'ai tué? demandait le premier.

— Tu ne pouvais rien y faire, disait l'autre. Le chien
est arrivé en courant en plein milieu de la rue.

Ils avaient vu Martin penché sur le chien.

— Est-ce qu'il est mort, petit?

— Non, avait répondu Martin.

— C'est ton chien?

— Oui, avait menti Martin.

— Je pense que je vais donner quelques dollars à ce
garçon, Jules. Après tout, c'est Noël.

— Les chiens n'ont pas le droit de courir les rues,
avait répliqué Jules. Il y a un règlement qui interdit
aux chiens de se promener sans laisse.

Les idées se bousculaient dans la tête de Martin. Il venait de penser à son père et aux tranquillisants. Cela expliquait la démarche lente et titubante de Houdini. Si le chien était drogué, est-ce que ça ne voulait pas dire que son père était à ses trousses? S'il voulait sauver Houdini, il avait intérêt à éloigner le chien.

Il avait de la chance. À part les deux hommes de la voiture, il n'y avait personne dans la rue. Ils étaient occupés à dégager leur auto. Il y en avait un qui s'était installé au volant et l'autre poussait. Les pneus dérapaient sur la glace.

Martin essayait de soulever le chien endormi et blessé, mais il n'y parvenait pas. Le poids inerte était trop lourd pour lui. Cependant, il pouvait aisément le tirer sur la neige. C'est ce qu'il avait fait, et ce n'était pas trop tôt. Au moment où il faisait basculer le chien hors de vue, de l'autre côté de la crête du banc de neige, son père arrivait, aux aguets, à la recherche de Houdini.

— Où est-ce qu'il peut bien être? se demandait Riendeau. Il ne peut quand même pas s'être volatilisé. C'est impossible!

Martin réfléchissait à toute vitesse. Il ne pouvait pas se sauver avec le chien, mais il pouvait le cacher. Il avait retiré son blouson et en avait couvert le chien, puis, de ses mains gantées, il s'était mis à ramener la neige sur lui. Bientôt, il y en avait suffisamment pour recouvrir complètement le chien. La neige était légère et floconneuse. Houdini n'allait pas suffoquer.

Maintenant, valait mieux quitter les lieux. À ski, Martin était rentré en vitesse à la maison.

Il faisait noir quand il était arrivé. De la rue, sa maison était jolie et avait un air de fête avec ses lumières qui clignotaient le long de la corniche. Par la fenêtre panoramique, il pouvait voir l'arbre que sa mère et lui avaient décoré, les guirlandes scintillaient dans la lumière.

Quand il était entré, sa mère s'était tournée vivement.

— Gustave?

— C'est moi, maman, avait répondu Martin.

Elle s'attendait à voir entrer son mari avec le chien drogué, mais c'était seulement Martin.

— As-tu vu ton père?

— Non, avait menti Martin.

Elle se disait que les tranquillisants n'avaient peut-être pas agi. Elle était inquiète pour son mari. Si les calmants ne fonctionnaient pas, qu'allait-il faire?

Elle avait mis le souper de Martin sur la table et le garçon avait mangé en vitesse.

Le téléphone avait sonné et madame Riendeau avait couru répondre. C'était le maire Frédéric.

— Oui, monsieur le maire, le chien a avalé la nourriture avec le tranquillisant... Oui, monsieur le maire, oui... Gustave est dehors, il est à ses trousses. Vous savez, monsieur le maire, il ne faut pas blâmer Gustave... Oui... Oui, je lui dis de vous rappeler.

Pendant que sa mère était au téléphone, Martin en avait profité pour prendre de quoi manger. Dans le congélateur du sous-sol, il avait pris de la viande d'orignal hachée, un steak d'orignal et un lapin entier. Il avait fourré le tout dans le sac à dos dont il se servait pour aller à la pêche, et il avait eu le temps de reprendre sa place à table avant que sa mère ne revienne dans la cuisine.

— Tu devais être affamé pour manger si vite! avait-elle remarqué en voyant son assiette vide.

Elle ne se rendait pas compte qu'il avait également eu le temps de faire une excursion au sous-sol.

— En veux-tu encore?

— Non merci, avait-il répondu même s'il avait encore faim.

Elle était retournée dans le salon pour surveiller par la fenêtre. Pendant ce temps-là, Martin rassemblait en vitesse ce dont il allait avoir besoin : son couteau de pêche, des guenilles pour faire un bandage, au cas où Houdini aurait des coupures, et une baguette de bois pour faire une éclisse, si jamais le chien avait une fracture. Il avait également pris une pochette d'allumettes, une hache, un coutelas, une vieille casserole et un sac de couchage.

Pendant que sa mère guettait toujours par la fenêtre du salon, Martin se glissait par la porte arrière. Il avait enfilé sa vieille canadienne bien chaude et empilé tout ce dont il avait besoin sur son traîneau. Il était parti juste à temps. Comme il se faufilait silencieusement par la porte de la cour arrière, il avait aperçu son père qui remontait l'allée de devant, sans Houdini!

Madame Riendeau avait ouvert la porte à son mari.

— Où est-il?

— Il s'est sauvé, avait-il répondu d'un ton sec.

— Mais... il ne peut pas s'être sauvé!

Ce n'était pas son genre de s'énerver de la sorte.

— Ne me demande pas comment il a réussi ça.

Il avait la voix basse, abattue. Il avait enlevé ses mukluks dans la cuisine, les avait poussés du pied et s'était assis, les épaules voûtées, la tête basse, en homme vaincu.

— Drôle d'affaire. Les tranquillisants faisaient leur effet, il courait à l'aveuglette. On m'a dit qu'il s'était fait frapper par une auto. Il y avait un garçon penché sur lui. Ensuite, les deux, le garçon et le chien, sont disparus, comme une paire de fantômes.

— Un garçon?

— Où est Martin? Il est rentré?

— Oui, il vient juste de manger. Martin?... Martin?

Constatant que Martin ne répondait pas, elle avait été le chercher dans l'annexe. Il n'était pas là, ni au sous-sol, ni dans sa chambre. En fait, il n'était pas à la maison.

— Gustave, avait-elle dit en revenant à la cuisine, il est parti!

Il avait relevé la tête et son visage avait pris une allure sévère.

— Parti?

— Qu'est-ce qu'il y a? avait demandé madame Riendeau. C'est alors qu'elle avait tout compris. Tu penses que Martin pourrait être le garçon qu'ils ont vu penché sur le chien? Oh non! Il ne ferait pas ça à son propre père.

— Je vais l'écorcher vif! avait rugi Riendeau en se levant d'un bond. Il a caché ce chien. Maintenant, il est parti s'en occuper.

Furieux, il avait enfilé et lacé ses mukluks.

— Le maire veut que tu l'appelles.

— Pas maintenant! Il peut attendre. Je fais le sale boulot pendant que lui est bien installé en famille... et que ma propre famille me laisse tomber!

Il était sorti en coup de vent.

Martin se hâtait le long des rues désertes. La veille de Noël, tous les commerces fermaient à six heures précises et tout le monde rentrait chez soi. Il n'avait aucune crainte qu'on le voie.

Il avait trouvé Houdini toujours inconscient, mais il respirait. Il avait rapidement installé Houdini sur son traîneau, l'avait attaché et était parti sans perdre une seconde. Il se dirigeait vers l'extérieur de la ville, en traînant son fardeau derrière lui.

Il avait besoin d'un abri. Il faisait environ vingt degrés sous zéro. La vieille cabane de trappeur, en bordure du terrain de golf allait faire l'affaire pour la nuit.

Les lumières s'estompaient derrière lui, comme les voix des choeurs qui se promenaient en ville en chantant devant les maisons : *Ô nuit de paix.*

Chapitre 10

La recherche

Laissant son traîneau à l'écart, Martin avait déblayé la neige qui encombrait les marches de la cabane du trappeur. Finalement, il avait réussi à ouvrir la porte en repoussant la neige qui lui bloquait encore le chemin. Il avait tiré le traîneau à l'intérieur.

Il pouvait voir le ciel à travers les interstices des bardeaux de cèdre, mais au moins il était à l'abri. Une des fenêtres était brisée, mais il allait trouver un moyen de la boucher pour empêcher le froid d'entrer. Les arbres qui entouraient la cabane la cachaient du village. C'était un endroit parfait pour se cacher.

D'une des poches de sa canadienne, Martin avait sorti une pochette d'allumettes et en avait allumé une. La petite flamme avait éclairé la cabane assez longtemps pour permettre à Martin de repérer l'âtre et quelques vieilles planches. À la lumière d'une deuxième allumette, il avait mis un tas de bois en place et avait sorti d'une autre poche des morceaux d'écorce qu'il avait arrachés sur un bouleau en venant vers la cabane. Quand il avait placé la flamme de sa troisième allumette sur l'écorce de bouleau, le feu avait pris. Le petit feu crépitait joyeusement et bientôt ses reflets commençaient à danser sur les murs de bois.

Houdini était toujours inconscient. À la lumière qui emplissait maintenant la pièce, Martin voyait du sang sur le poil du chien. Il avait retiré ses mitaines et réchauffé ses mains. Ensuite, il avait détaché le chien et l'avait posé sur une couverture à même le plancher de bois. Comme un médecin, il parlait au chien tout en l'examinant.

— Ça ne te fera pas mal du tout, mon chien. Pas du tout. Ça va aller. Oui monsieur, tu vas t'en remettre. Ce n'est pas une auto qui va tuer un chien comme toi. Oui, oui... mauvaise coupure sur l'épaule droite. Mais ça ne saigne plus. On peut arranger ça. Mais, attends une minute... Il faut aller doucement, mon vieux, très doucement...

Et là, il avait tâté délicatement la patte droite en lui faisant faire un léger mouvement de va-et-vient.

— C'est cassé... Oui, je crois bien qu'elle est cassée. Je n'ai jamais replacé des os brisés avant, Houdini, mais il faut le faire. Il n'y a personne d'autre, c'est donc moi qui vais le faire. Heureusement que tu dors, c'est le bon temps, non? Tu ne sentiras rien.

En disant cela, il avait tiré un bon coup sur la patte et il avait senti l'os reprendre sa place.

— Voilà.

Il était fier de ses talents de chirurgien.

Le chien avait sursauté, mais ne s'était pas réveillé.

Maintenant, le feu était plus fort. Les flammes montaient de plus en plus haut et lançaient des étincelles. Ça sentait bon l'odeur du pin qui brûle. La cabane se réchauffait rapidement.

Martin avait pris sa vieille casserole et était sorti dehors pour la remplir de neige. Il l'avait mise sur le feu, puis il avait coupé sa baguette de bois pour en faire des éclisses et avait soigneusement enveloppé la patte du chien. Il avait tourné Houdini sur l'autre côté, mais il n'y avait pas d'autres blessures, pas d'autres fractures.

Dans la casserole, la neige avait fondu et l'eau était chaude. Il avait lavé la blessure et avait fait un pansement.

— Voilà, c'est fait.

Plus rien ne pressait maintenant. Il avait jeté un coup d'oeil circulaire à la cabane : le lit de camp, la vieille table renversée, les tablettes. Tout se passerait bien pour le chien tant qu'il serait au chaud. Cependant, il faisait froid et, jusqu'à l'aurore, la température allait descendre encore. Il devait entretenir le feu.

Martin s'était mis à débiter le lit et les tablettes à la hache. C'était du bois sec qui brûlerait bien. Ce serait amplement suffisant pour passer la nuit. Ensuite, il s'était attaqué au problème de la fenêtre brisée. Il fallait la bloquer pour empêcher tout l'air chaud de s'échapper au dehors.

Il avait déchiré le vieux matelas mou, en avait sorti la bourre grise et l'avait coincée dans le trou de la fenêtre.

Houdini dormait toujours, mais il avait l'air de rêver. Il faisait du bruit avec sa gorge. Martin avait déroulé son sac de couchage, retiré ses bottes et s'était glissé dans le sac. Il attendait. Houdini finirait bien par s'en remettre.

* * *

Riendeau n'était pas le genre d'homme à raconter en ville ce qu'il soupçonnait son fils d'avoir fait. Ses pseudo-amis avaient déjà ri de lui, l'avaient humilié de mille façons différentes et, maintenant, son propre fils venait de le blesser encore plus gravement qu'ils ne l'avaient fait. Il s'était sauvé avec ce chien. Même s'il avait peur de ce qui pouvait arriver à son fils unique par cette glaciale nuit d'hiver, Riendeau ne pouvait pas se permettre d'ameuter la ville et de risquer les sarcasmes. Pas encore.

Mais sa femme avait réagi immédiatement. Elle se fichait de ce que la ville pouvait penser du chien ou de son patrouilleur de mari. Son fils errait dans la nuit, par vingt degrés sous zéro, et elle était effrayée. Rapidement, elle avait téléphoné à tous les voisins pour leur demander s'ils avaient vu Martin. Ensuite, elle avait appelé la police.

Les gens commençaient à arriver à la maison.

— Il voulait un chien, murmurait-elle. Un chien bien à lui. Nous aurions dû le laisser avoir un chien.

Ses amis et ses voisins tentaient de la réconforter.

Quand Riendeau était revenu bredouille de sa recherche, il s'était installé dans le salon, debout devant la fenêtre givrée, fumant cigarette sur cigarette. Il surveillait le chemin en espérant voir apparaître Martin, mais il savait qu'il guettait en vain.

Le voyant seul à sa fenêtre, les voisins se sentaient désolés pour lui et coupables aussi.

— C'est de notre faute, disait l'un. Nous avons traqué ce chien. Il ne faisait pourtant de mal à personne.

— Il porte malheur, disait un autre. Depuis qu'il est arrivé, il n'y a eu que des problèmes en ville.

— Un instant, disait un troisième. Ce n'est rien en comparaison des problèmes que nous avons maintenant. Laissons les vieilles histoires de côté. Ce qu'il nous faut maintenant, c'est retrouver ce garçon... et le chien aussi.

— Vous avez raison, avait renchéri une amie de madame Riendeau. Personne ne peut fêter Noël pendant qu'un petit garçon est dehors par une nuit aussi glaciale.

On avait frappé à la porte et le vicaire de la paroisse était entré. Il venait leur offrir son soutien et une prière pour la sécurité de Martin. En priant, il avait demandé de l'aide pour toutes les brebis égarées dans la tempête en cette nuit de la naissance de Jésus. Madame Riendeau s'était mise à pleurer. Son mari s'était approché d'elle et lui avait mis la main sur l'épaule.

Après cette prière, Gérard Auclair avait pris la parole.

— Nous allons nous organiser, nous allons fouiller toute la ville.

— Peut-être qu'il se cache avec un ami, avait suggéré quelqu'un.

— J'ai appelé chez Pierre Groulx. Il n'est pas là, avait répondu madame Riendeau.

— Aucun parent ne le cacherait chez lui en sachant la peine que vous avez, avait dit le vicaire. Surtout pas en cette nuit de Noël où tout le monde est à la maison.

— Vous avez raison, monsieur l'abbé, avait dit Riendeau, mais je vais sortir pour fouiller les rues encore une fois.

Il était en train de mettre ses mukluks et les autres hommes aussi, quand l'agent Plante de la police provinciale de l'Ontario était arrivé. L'équipe de recherche s'en était remise à lui. Sa présence redonnait espoir à tous ceux qui étaient là, et madame Riendeau avait séché ses yeux pour répondre du mieux possible à ses questions.

— Comment le garçon est-il habillé? À quelle heure est-il parti? Qu'est-ce qu'il a emporté?

Avant que le constable Plante n'ait recueilli toutes ces informations, on avait frappé fermement à la porte. Quand Riendeau avait ouvert, Abel Hilkkanen et son frère Veiko étaient sur le perron.

Abel Hilkkanen était en ville pour Noël. Il rendait visite à son frère qui était célibataire comme lui. Ils étaient arrivés ensemble de Finlande il y a vingt ans, et depuis, à chaque Noël, ils se retrouvaient pour échanger de vieux souvenirs. Ils avaient bu quelques verres pendant que Veiko racontait à Abel l'aventure du jeune garçon en fugue, fils du patrouilleur canin, et celle du mystérieux chien qui n'avait fait que causer des problèmes depuis son arrivée en ville.

— Un chien noir et blanc? avait demandé Abel.

— Oui.

— Taille moyenne?

— Oui.

— Bon sang, ça m'a bien l'air d'être Boris.

— Boris? avait demandé Veiko.

— Boris, le chien de Vieux Georges. Quand Georges
est mort, l'hiver dernier, son chien s'est retrouvé tout
seul. Il n'a jamais voulu suivre qui que ce soit. Je
suppose qu'il a dû venir dans votre ville. Il nous avait
suivis hors du bois jusqu'au chemin de fer, mais c'est la
dernière fois que je l'ai vu. C'était un bon chien, ce
Boris. Viens, Veiko, nous allons aller voir ces gens.

Ils avaient mis leurs blousons et enfilé leurs bottes.
Ils étaient tous les deux un peu ivres.

Quand ils étaient entrés dans la maison de Riendeau, Abel avait presque poussé le constable Plante.

— Qui est l'homme de la maison?

— C'est moi, avait répondu Riendeau.

— Vous n'auriez pas un petit verre pour moi et
Veiko?

— Vous, monsieur, avait dit l'officier de police, vous
avez assez bu comme ça.

Abel avait haussé les épaules.

— Ça va, ça va!

Riendeau attendait en silence. Qui était cet homme?

Abel s'était dirigé vers la fenêtre et avait fait face au petit groupe. Il agissait avec une telle assurance, qu'on aurait pu croire que c'était lui qui vivait en ville et que Veiko était en visite. Il avait raconté l'histoire de Boris et tout le monde l'avait écouté attentivement. Il était si sûr de lui que personne ne mettait sa parole en doute.

— Monsieur Riendeau, avait-il conclu, parlez-moi de votre fils.

— Qu'est-ce que vous voulez savoir?

— Maintenant, nous savons qui est le chien, mais nous ne savons rien du garçon. Est-ce qu'il connaît aussi bien la forêt que vous?

— Gus, répond à cet homme, l'avait supplié sa femme.

— Quel genre de garçon est votre fils? avait répété Abel.

— Bien différent de moi, avait murmuré Riendeau. Mais devant les regards inquisiteurs des autres, il avait commencé à répondre.

— Est-ce un solitaire?

— Oui.

— Il peut se débrouiller tout seul, avait ajouté madame Riendeau. Il pêche, il attrape des lièvres, il sait skier...

— Ah, avait dit Abel. Donc, il est comme son père. Nous savons donc qu'il n'est pas avec des amis.

— Pourquoi pas? avait grogné Riendeau sur un ton mécontent.

— Parce que c'est un solitaire, voilà pourquoi. Il ne ferait confiance à personne pour l'aider, avait dit Abel. Et il connaît les bois?

— Assez bien.

— Il pêche? Il chasse? Vous lui avez appris?

— Non.

— Mais il aime le grand air?

— Oui, avait répondu Riendeau, songeur.

Abel s'était tourné vers le constable Plante.

— Monsieur l'agent, n'y aurait-il pas aux alentours un endroit où il pourrait se cacher? Une école, par exemple?

— Non, avait répondu le policier. Les écoles sont trop bien verrouillées pour que Martin puisse y entrer.

— Une église?

Le vicaire avait rapidement écarté cette possibilité. Toutes les églises allaient célébrer la messe de minuit et Martin le savait très bien.

— Il reste donc une seule possibilité, s'était écrié Abel. Les édifices abandonnés. Qu'en pensez-vous? En existe-t-il aux alentours?

À cette question, tout le monde s'était mis à parler en même temps.

— Doucement, doucement, avait dit Abel en levant une main usée par le travail. Restons calmes. Commençons par le centre de la ville, puis nous irons vers l'extérieur.

Cela avait mis un peu d'ordre dans les recherches. Il s'avérait qu'il y avait une vieille station de pompiers, un garage abandonné, qui avait appartenu à un concessionnaire automobile, et un entrepôt.

— Bon, avait dit Abel. Nous pouvons commencer à fouiller ces endroits.

— Qu'est-ce que vous faites de cette vieille cabane en bordure du golf? avait demandé quelqu'un.

— Excellent, excellent, avait répondu Abel. Tous les détails peuvent nous être utiles. Nous allons tous les examiner. Inutile d'aller tous au même endroit. Nous allons nous séparer et revenir dans une heure. C'est une nuit très froide. Vous aurez du café chaud en revenant ici.

Finalement, la recherche pour retrouver Martin commençait.

Chapitre 11

Joyeux Noël

Le feu faiblissait. Martin s'était glissé hors de son sac de couchage pour ajouter un peu de bois de chauffage. La cabane était assez chaude.

Il avait jeté un coup d'oeil au chien, mais Houdini dormait toujours. Martin avait sommeil, mais il pensait que le moment était mal choisi pour dormir. Quand Houdini allait se réveiller, il allait peut-être paniquer. Même s'il ne dormait pas quand Houdini allait se remettre de l'effet des tranquillisants, la situation allait être délicate. Ce chien avait toujours été libre. Il allait voir les murs autour de lui, le toit au-dessus de sa tête, le feu auquel il n'était pas habitué, le garçon qui n'était pas son maître ni même un ami. Martin se demandait comment le chien allait réagir.

Pour lutter contre le sommeil, il avait décidé de se faire à manger. Il avait faim. Son souper hâtif ne l'avait pas rassasié. Il avait l'intention de se faire cuire du caribou haché et d'en garder un peu pour Houdini à son réveil.

Il avait sorti la viande de son sac et avait entrepris de l'égrener avec son couteau. C'était un travail dur qui avait pris du temps. Ensuite, il avait placé la casserole sur le feu et l'avait surveillée jusqu'à ce que la viande commence à frire. L'arôme de la viande grillée envahissait la cabane.

Soudainement, le nez de Houdini s'était mis à bouger. Viande, nourriture, manger. Cette association d'idées lui faisait reprendre conscience.

Tout en brassant de la pointe de son couteau la viande qui dégelait dans la casserole, Martin le guettait.

Le nez du chien continuait de frétiller. Sa queue s'agitait, mais il dormait encore. Martin avait commencé à manger quand finalement Houdini avait ouvert les yeux.

— Houdini, avait-il dit d'une voix douce, tu es réveillé.

Il avait voulu flatter le chien, mais il savait que la situation était délicate. Il s'était rassis.

Les yeux du chien étaient vitreux et mornes.

— Houdini. Bon chien. Tu t'en es sorti.

Houdini soulevait la tête, mais elle retombait. Il voulait se lever, mais ses pattes étaient faibles. Il y en avait une qui ne faisait pas ce qu'elle aurait dû faire.

Il ne quittait pas le garçon des yeux. Il commençait à grogner en montrant les dents.

Martin essayait d'avoir l'air naturel. Il devait lui prouver qu'il ne lui voulait aucun mal. Il avait lancé un morceau de viande rôtie à Houdini, mais le chien ne l'avait même pas regardé.

— Je ne te blâme pas. C'est comme ça qu'il t'a eu, non? Mais moi, je suis ton ami, mon vieux. Un ami. Je ne te ferai pas mal. Je suis là pour prendre soin de toi, pour m'assurer que personne ne te fasse de mal.

Il avait remis du bois dans le feu. Houdini le surveillait d'un oeil voilé en continuant son grognement rauque.

Martin venait de penser à autre chose. Il avait sorti l'autre morceau de viande de son sac. Le steak de chevreuil était dur comme du bois et, avec sa hache, il en avait coupé un morceau. Il l'avait piqué sur son couteau et l'avait approché des charbons. Il avait dégelé et commençait à rôtir. Ça sentait bon. Houdini observait et sentait.

Une fois cuit, Martin l'avait tendu au chien, en s'approchant de plus en plus. Houdini grognait plus fort et essayait de s'éloigner du garçon. Martin s'était arrêté. C'était inutile d'aller trop vite et de tout gâcher. Il s'était contenté de lancer le morceau de viande à portée de la gueule du chien. Houdini l'avait senti, l'avait ramassé lentement, puis l'avait de nouveau laissé tomber. Il se méfie vraiment, pensait Martin. Ensuite le chien l'avait senti une fois de plus, l'avait ramassé et s'était mis à le mâcher avec précaution. Il l'avait laissé tomber une nouvelle fois pour le sentir.

— Mange, mon vieux, mange, l'encourageait Martin. Il n'y a rien de travers, rien.

Il avait coupé un autre morceau de steak et l'avait fait rôtir sur les braises. Ensuite, il avait commencé à manger.

— Tu vois, moi aussi j'en mange. Tu vois bien que c'est de la bonne viande.

Houdini avait finalement consenti à manger.

Pour Martin, c'était une victoire. Maintenant, il pouvait dormir, le chien l'avait accepté. Lui aussi avait sommeil. Martin avait enlevé sa canadienne, s'était accroupi et s'était approché du chien. Malgré ses grognements, il l'avait recouvert de son manteau. Il n'en aurait pas besoin, le sac de couchage était bien assez chaud. Il s'était glissé à l'intérieur et avait remonté la fermeture à glissière.

— C'est le temps de dormir, mon chien, avait-il dit en s'allongeant.

Les yeux mi-clos, Houdini avait guetté Martin jusqu'à ce que les paupières lourdes du garçon se soient refermées sur son sommeil. Ils dormaient tous deux profondément quand les secouristes les avaient découverts dans la cabane. Par cette nuit de Noël glaciale, le garçon et le chien étaient douillettement couchés l'un contre l'autre.

* * *

Le matin de Noël, le chien sommeillait paisiblement dans le sous-sol et Martin dormait toujours à côté de lui. Il avait résisté à tous ceux qui avaient voulu l'obliger à dormir dans son lit. Il tenait à dormir à côté du chien, dans son sac de couchage. Il n'était pas question, ne serait-ce pour un instant, de laisser Houdini sans protection.

À huit heures, son père était descendu jeter un coup d'oeil. Il avait été accueilli par un Houdini farouche. Le chien s'était aussitôt réveillé et, couché sur le ventre, avait commencé à grogner. Le bruit avait éveillé Martin et Riendeau était remonté se réfugier dans la cuisine.

— À cause de ce chien-là, plus moyen de descendre dans mon sous-sol, se plaignait-il.

— Oh, Gus, sois reconnaissant, avait dit sa femme.

— Ma propre maison, grognait-il.

— Nous avons retrouvé notre fils sain et sauf.

— Oui, c'est vrai.

— Ce n'est pas un gros sacrifice que de lui laisser garder le chien.

— Et moi, où est-ce que je vais vivre? Dans une niche à chien? Ce chien-là me déteste.

Elle s'était tournée vers lui.

— Il a ses raisons, mon chéri. Mais il va changer. Tout change. Tout le monde change.

— Ça, tu peux le dire. Regarde-moi! Laisser entrer un chien dans ma maison. Et pas n'importe quel chien en plus!

Martin était entré joyeusement dans la cuisine.

— Bonjour maman, bonjour papa. Joyeux Noël!

— Joyeux Noël, mon garçon, avait répondu sa mère en le serrant dans ses bras.

— Joyeux Noël, fils, avait dit son père.

La cuisine sentait bon le bacon et les oeufs.

— Mmmm, ça sent bon! avait remarqué Martin.

— Je suppose que tu as l'estomac dans les talons.

— Houdini et moi, on pourrait manger un cheval, maman.

— Hum! avait grogné son père.

C'est à ce moment que le téléphone avait sonné.

Riendeau avait décroché.

— Oui?

Couvrant le récepteur de sa main, il avait chuchoté à sa femme :

— C'est le maire Frédéric...

Il avait retiré sa main et repris la conversation.

— Oui, monsieur le maire, qu'est-ce que je peux faire pour vous?... Oui, nous l'avons.

— Chez vous? demandait le maire.

— Dans le sous-sol. Je suppose que vous avez entendu parler de l'histoire de mon fils?

— Bien sûr, bien sûr. Mais le chien, mon vieux. Qu'est-ce qui vous retient? Débarrassez-vous-en. Endormez-moi ce chien.

— Non, monsieur le maire. C'est ce que j'essaie de vous dire. Mon garçon veut garder le chien. Ils se sont attachés l'un à l'autre. Après tout, si l'on tient compte du mal qu'il s'est donné pour sauver le chien, je ne vois pas comment nous pourrions lui refuser ça, non?

— Répétez ce que vous venez de dire. Je pense que je ne vous entends pas très bien, dit le maire.

— Mon fils garde le chien, monsieur le maire.

— Balivernes! Ridicule.

— C'est Noël, monsieur le maire.

— Le responsable de la fourrière n'a pas le droit d'adopter un bâtard vagabond semblable. Vous êtes congédié, Riendeau. Vous m'entendez? Congédié!

— Vous ne pouvez pas me congédier, monsieur le maire. C'est moi qui démissionne.

— Mais... hurlait le maire.

— Je vous souhaite un joyeux Noël, monsieur le maire. Un joyeux Noël à votre famille aussi.

Là-dessus, il avait raccroché.

— Tu as entendu ça, maman? avait crié Martin.

Il avait mis sa main sur le bras de son père. Depuis des années, le père et le fils n'avaient jamais été aussi proches.

— Merci, papa.

— Joyeux Noël, avait répondu son père.

Pendant un moment, ils étaient restés tous les deux côte à côte à regarder la ville par la fenêtre panoramique. Maintenant, tout était calme et serein. La ville et les collines avaient l'air d'une carte de Noël, des rubans de fumée blanche s'échappaient des cheminées et se perdaient dans le firmament.

Tout à coup, un jappement formidable leur était parvenu du sous-sol.

— Excuse-moi, papa, il faut que j'aille m'occuper de mon chien.

* * *

En ville, on raconte que Riendeau est un homme transformé. Lui et son fils Martin sont maintenant plus près l'un de l'autre. À chaque fois qu'il en a l'occasion, il emmène Martin faire la tournée de ses pièges et le garçon devient rapidement un habile homme de bois. Plus étonnant encore, on prétend que Riendeau s'est attaché au chien et réciproquement. Il emmène même Houdini avec lui dans les bois. Il prétend que le chien peut sentir une perdrix à cinq cents pas et que, compte tenu des lièvres qu'il lève dans les buissons, il paye chaque cent de sa pension.

Mais certains prétendent que Riendeau aime tout simplement le chien. Qui sait? Cependant, une chose est claire : si Martin n'est pas à l'école quand vient le moment d'aller faire la tournée des pièges, ils y vont tous les trois ensemble.

Achevé   Imprimerie
d'imprimer Gagné Ltée
au Canada Louiseville